I0715061

TRANZLATY

El idioma es para todos

Taal is voor iedereen

Las Aventuras de Alicia en el País de las Maravillas

De Avonturen van Alice in Wonderland

Lewis Carroll

Español / Nederlands

Copyright © 2024 Tranzlaty
All rights reserved
Published by Tranzlaty
ISBN: 978-1-83566-859-7
Original text: Alice's Adventures in Wonderland
by Lewis Carroll (1865)
Abridged by Sam'l Gabriel Sons (1916)
www.tranzlaty.com

Por la madriguera del conejo
In het konijnenhol

Alicia empezaba a cansarse mucho
Alice begon erg moe te worden
Estaba sentada junto a su hermana en el banco de hierba
Ze zat naast haar zus op de grasbank
Pero ella no tenía nada que hacer
Maar ze had niets te doen
Su hermana estaba leyendo un libro
Haar zus was een boek aan het lezen
una o dos veces Alicia echó un vistazo al libro
een of twee keer gluurde Alice in het boek
Pero el libro no contenía imágenes ni conversaciones
Maar het boek bevatte geen foto's of gesprekken
«¿De qué sirve un libro sin imágenes?», pensó Alicia
"Wat heb je aan een boek zonder plaatjes?", dacht Alice
"¿Por qué un libro no tendría conversaciones?"
"Waarom zou een boek geen gesprekken hebben?"
Pero tenía otras cosas que considerar

Maar ze had andere dingen om rekening mee te houden
"Hacer una cadena de margaritas sería un placer"
"Het zou een plezier zijn om een ketting van madeliefjes te
maken"
**"¿Pero vale la pena el esfuerzo de levantarse y recoger las
margaritas?"**
"Maar is het de moeite waard om op te staan en de madeliefjes
te plukken??"
No era tan fácil pensar en esto
Dit was niet zo gemakkelijk om over na te denken
**porque el día la estaba haciendo sentir somnolienta y
estúpida**
Omdat de dag haar slaperig en dom maakte
Pero de repente sus pensamientos se vieron interrumpidos
Maar plotseling werden haar gedachten onderbroken
un conejo blanco de ojos rosados corrió cerca de ella
een wit konijn met roze ogen rende vlak langs haar

No había nada demasiado notable en el conejo
Er was niets opmerkelijks aan het konijn
y Alicia tampoco pensó que el conejo fuera notable
en Alice vond het konijn ook niet opmerkelijk
ni le extrañó que el Conejo hablara
Het verbaasde haar ook niet toen het Konijn sprak
"¡Oh, Dios mío! ¡Llegaré demasiado tarde!", se dijo a sí mismo
"Oh jee! Ik zal te laat zijn!" zei hij tegen zichzelf
pero entonces el Conejo hizo algo que los conejos no hacían
maar toen deed het Konijn iets wat konijnen niet deden
el Conejo sacó un reloj del bolsillo de su chaleco
het Konijn haalde een horloge uit zijn vestzak
Miró la hora y luego se apresuró a seguir adelante
Hij keek hoe laat het was en haastte zich toen verder
Alicia se puso en pie, asombrada
Alice kwam verbaasd overeind
¡Nunca antes había visto un conejo con chaleco!
Ze had nog nooit een konijn met een vest gezien!
¡Tampoco había visto nunca un conejo con reloj!
Ze had ook nog nooit een konijn met een horloge gezien!
Alicia ardía con una nueva curiosidad
Alice brandde van een nieuwe nieuwsgierigheid
y corrió por el campo tras el Conejo
en ze rende over het veld achter het Konijn aan
Llegó justo a tiempo para ver desaparecer al conejo
Ze was net op tijd om het konijn te zien verdwijnen
El conejo saltó a una gran madriguera
Het konijn sprong naar beneden in een groot konijnenhol
¡En otro momento, Alicia bajó detrás del conejo!
In een ander moment ging Alice achter het konijn aan!
La madriguera del conejo seguía recto como un túnel
Het konijnenhol ging rechtdoor als een tunnel
Y el túnel siguió avanzando a cierta distancia
En de tunnel bleef een eindje doorgaan
Y entonces el camino de repente se hundió
En toen dook het pad plotseling naar beneden

Alicia no tuvo ni un momento para pensar en detenerse
Alice had geen moment om na te denken over het stoppen van zichzelf
Se encontró a sí misma cayendo y abajo y abajo
Ze merkte dat ze naar beneden en naar beneden en naar beneden en naar beneden viel
Parecía como si hubiera caído en un pozo muy profundo
Het leek alsof ze in een hele diepe put was gevallen
O el pozo era muy profundo, o ella caía muy lentamente
Of de put was heel diep, of ze viel heel langzaam
porque tenía tiempo de sobra para caer
Omdat ze alle tijd had om te vallen
Mientras caía, podía mirar a su alrededor
Terwijl ze viel, kon ze om zich heen kijken
Primero, trató de averiguar a dónde iba
Eerst probeerde ze erachter te komen waar ze heen ging
Pero el pozo estaba demasiado oscuro para ver nada
Maar de put was te donker om iets te zien
Luego miró a los lados del pozo
Toen keek ze naar de zijkanten van de put
Y se dio cuenta de que había armarios a su alrededor
En ze merkte dat er overal om haar heen kasten waren
y alrededor del pozo había estanterías de libros
En rondom de put stonden boekenplanken
Aquí y allá veía mapas y cuadros colgados de perchas
Hier en daar zag ze kaarten en foto's aan pinnen hangen
Al pasar, bajó un frasco de una de las estanterías
Ze pakte een pot van een van de planken terwijl ze passeerde
El frasco estaba etiquetado por su contenido
De pot was geëtiketteerd vanwege de inhoud
"MERMELADA DE NARANJAS"
"MARMALADE GEMAAKT VAN SINAASAPPELS"
Pero, para su gran decepción, el frasco de mermelada estaba vacío
Maar tot haar grote teleurstelling was het potje marmelade leeg
No quería dejar caer el tarro de mermelada vacío

Ze wilde de lege marmeladepot niet laten vallen
y su caída fue muy lenta
En haar val was erg langzaam
Así que se las arregló para poner el frasco de mermelada en uno de los armarios
Dus slaagde ze erin om de marmeladepot in een van de kasten te zetten
¡Abajo, abajo, abajo, ella cae!
Omlaag, omlaag, naar beneden valt ze!
¿Llegaría alguna vez la caída a su fin?
Zou er ooit een einde komen aan de zondeval?
No había nada más que hacer
Er was niets anders te doen
así que Alicia pronto empezó a hablar consigo misma
dus Alice begon al snel tegen zichzelf te praten
—¡Dinah me echará mucho de menos esta noche, creo!
"Dina zal me vanavond heel erg missen, zou ik denken!"
Dinah era la gata de Alicia
Dina was de kat van Alice
"Espero que se acuerden de su plato de leche a la hora del té"
"Ik hoop dat ze zich haar schoteltje melk herinneren tijdens de thee"
—¡Dinah, querida, desearía que estuvieras aquí abajo conmigo!
"Dina, mijn liefste, ik wou dat je hier bij me was!"
Alicia sintió que se estaba quedando dormida
Alice had het gevoel dat ze in slaap viel
Y de repente, ¡pum! ¡golpe!
En dan plotseling, dreun! bonzen!
Cayó sobre un montón de palos
Ze viel op een hoop stokken
y aterrizó sobre un montón de hojas secas
En ze landde op een stapel droge bladeren
Y finalmente la larga caída por el agujero había terminado
En eindelijk was de lange val in het gat voorbij
Alicia no estaba herida en lo más mínimo
Alice was niet een beetje gekwetst

Y se levantó de un salto en un momento
En ze sprong binnen een oogwenk op
Alzó la vista, pero todo estaba oscuro sobre su cabeza
Ze keek op, maar het was allemaal donker boven haar hoofd
Frente a ella había otro largo pasillo
Voor haar was nog een lange gang
y el Conejo Blanco seguía a la vista
en het Witte Konijn was nog steeds in zicht
Corría por el pasillo
Hij haastte zich door de gang
No había un momento que perder
Er was geen moment te verliezen
Alicia salió corriendo como el viento
Alice rende weg als de wind
A la vuelta de la esquina giró el conejo
Om de hoek draaide het konijn zich om
Llegó justo a tiempo para oír al conejo
Ze was net op tijd om het konijn te horen
"Oh, mis orejas y bigotes"
""Oh, mijn oren en snorharen"
"¡Qué tarde se está haciendo!"
"Wat wordt het laat!"
Estaba muy cerca del conejo
Ze zat vlak achter het konijn
Dobló otra esquina
Ze draaide zich nog een hoek om
pero el Conejo ya no se dejaba ver
maar het Konijn was niet meer te zien
Se encontró en un pasillo largo y bajo
Ze bevond zich in een lange, lage hal
La sala estaba iluminada por una hilera de lámparas de techo
De zaal werd verlicht door een rij plafondlampen
Había puertas por todo el pasillo
Er waren deuren rondom de hal
pero todas las puertas estaban cerradas con llave
Maar alle deuren waren op slot
Caminó por un lado del pasillo

Ze liep helemaal langs één kant van de zaal
Y ella había caminado todo el camino hasta el otro lado de la sala
En ze was helemaal naar de andere kant van de gang gelopen
Había intentado todas las puertas
Ze had elke deur geprobeerd
Y caminó tristemente por el centro del pasillo
En ze liep verdrietig door het midden van de zaal
"¿Cómo voy a volver a salir?"
"hoe kom ik er ooit weer uit?"

De repente se encontró con una mesita
Plotseling kwam ze bij een tafeltje
La mesa estaba hecha completamente de vidrio macizo
De tafel is volledig gemaakt van massief glas
No había nada sobre la mesa, excepto una pequeña llave dorada
Er lag niets anders op tafel dan een piepklein goudkleurig sleuteltje

¡La llave podría pertenecer a una de las puertas!
De sleutel zou wel eens van een van de deuren kunnen zijn!
Pero, ¡ay! Algunas de las cerraduras eran demasiado grandes para las llaves
Maar helaas! Sommige sloten waren te groot voor de sleutels
y para las otras cerraduras la llave era demasiado pequeña
En voor de andere sloten was de sleutel te klein
Pero, en cualquier caso, la llave no abrió ninguna de las puertas
Maar in ieder geval opende de sleutel geen van de deuren
Pero, ¿qué iba a hacer ella?
Maar wat moest ze doen?
Volvió a atravesar el pasillo
Ze liep weer door de gang
Y esta vez se fijó en una cortina baja
En deze keer zag ze een laag gordijn
Detrás de la cortina había una puertecita
Achter het gordijn was een deurtje
La puerta tenía unos quince centímetros de alto
De deur was ongeveer vijftien centimeter hoog
Probó la pequeña llave dorada en la cerradura
Ze probeerde het gouden sleuteltje in het slot
Y para su gran deleite, ¡la llave encajó en la cerradura!
En tot haar grote vreugde paste de sleutel in het slot!
Alicia abrió la puerta
Alice opende de deur
Y encontró que la puerta daba a un pequeño pasillo
En ze ontdekte dat de deur naar een kleine gang leidde
El corredor no era mucho más grande que una madriguera de ratas
De gang was niet veel groter dan een rattenhol
Se arrodilló y miró a lo largo del pasillo
Ze knielde neer en keek de gang in
Y ella vio el jardín más hermoso que jamás hayas visto
En ze zag de mooiste tuin die je ooit hebt gezien
¡Cómo anhelaba salir de ese oscuro salón
Wat verlangde ze ernaar om uit die donkere zaal te komen

cómo quería vagar entre esas flores brillantes
Wat wilde ze dwalen tussen die fleurige bloemen
¡Qué genial se veían esas fuentes
Wat zagen die fonteinen er cool verfrissend uit
Pero ni siquiera podía meter la cabeza por la puerta
Maar ze kon niet eens haar hoofd door de deuropening krijgen
-¡Oh! -exclamó Alicia con tristeza-
"Oh," zei Alice treurig
"¡Cómo desearía poder plegarme como un telescopio!"
"Wat zou ik willen dat ik me kon opvouwen als een
telescoop!"
"Creo que podría plegarme como un telescopio"
"Ik denk dat ik me zou kunnen opvouwen als een telescoop"
"Si supiera cómo empezar"
"Als ik maar wist hoe te beginnen"
Alicia volvió a la mesa
Alice ging terug naar de tafel
Existía la posibilidad de encontrar otra llave
Er was de kans om een andere sleutel te vinden
O podría haber un libro de reglas
Of misschien is er een boek met regels
El libro podría decirle cómo plegarse como un telescopio
Het boek zou haar kunnen vertellen hoe ze zich als een
telescoop moet opvouwen
Esta vez encontró una botellita
Deze keer vond ze een flesje
—Esta botella no estaba aquí antes —dijo Alicia—
"Deze fles was hier zeker niet eerder," zei Alice
y atada alrededor del cuello de la botella había una etiqueta
de papel
En om de hals van de fles was een papieren etiket gebonden
La etiqueta estaba bellamente impresa en letras grandes
Het etiket was prachtig gedrukt in grote letters
"BÉBEME"
"DRINK MIJ"
—No, miraré primero —dijo ella—
"Nee, ik zal eerst kijken", zei ze

"Veré si la botella está marcada como venenosa o no"
"Ik zal kijken of de fles als giftig is gemarkeerd of niet,"
porque nunca olvidó la lección sobre el veneno
Omdat ze de les over gif nooit vergat
**"Si una botella está etiquetada como venenosa, es probable
que no esté de acuerdo contigo"**
"Als een fles als giftig wordt bestempeld, zal hij het zeker niet
met je eens zijn"
Sin embargo, esta botella no estaba marcada como venenosa
Deze fles was echter niet gemarkeerd als giftig
así que Alicia se aventuró a probar el contenido de la botella
dus waagde Alice het om de inhoud van de fles te proeven
Encontró el líquido bastante de su agrado
Ze vond de vloeistof best naar haar zin
La bebida tenía una especie de sabor mezclado
Het drankje had een soort gemengde smaak
tarta de cerezas, natillas y piña
Kersentaart, vla en ananas
Pavo asado, caramelo y tostadas con mantequilla caliente
Rooster kalkoen, toffee en toast met hete boter
Y pronto acabó la botella
En ze dronk de fles snel op
-¡Qué sensación tan curiosa! -exclamó Alicia-
"Wat een merkwaardig gevoel!" zei Alice
"¡Me estoy pliegando como un telescopio!"
"Ik vouw me op als een telescoop!"
¡Y se estaba pliegando como un telescopio!
En ze vouwde zich inderdaad op als een telescoop!
Ahora solo medía diez pulgadas de alto
Ze was nu nog maar tien centimeter hoog
y su rostro se iluminó con sus pensamientos
En haar gezicht klaarde op bij haar gedachten
Ahora ella tenía el tamaño adecuado para la pequeña puerta
Nu had ze de juiste maat voor het deurtje
Ahora podía entrar en ese hermoso jardín
Nu kon ze die mooie tuin in
Pronto dejó de hacerse más pequeña

Al snel werd ze niet meer kleiner
Decidió ir al jardín de inmediato
Ze besloot meteen de tuin in te gaan
pero, ¡ay de la pobre Alicia!
maar helaas voor de arme Alice!
Llegó a la puerta
Ze kwam bij de deur
Pero había olvidado la pequeña llave de oro
Maar ze was het gouden sleuteltje vergeten
Volvió a la mesa en busca de la llave
Ze ging terug naar de tafel voor de sleutel
Pero se dio cuenta de que no podía llegar lo suficientemente alto
Maar ze merkte dat ze niet hoog genoeg kon reiken
Podía ver la llave claramente a través del cristal
Ze kon de sleutel heel duidelijk door het glas zien
Trató de trepar por las patas de la mesa
Ze probeerde langs de poten van de tafel omhoog te klimmen
Pero el cristal era demasiado resbaladizo
Maar het glas was veel te glad
Con el tiempo se cansó de intentarlo
Uiteindelijk werd ze moe van het proberen
Y la pobre niña se sentó y lloró
En het arme meisje ging zitten en huilde
Alicia se habló a sí misma con bastante brusquedad
Alice sprak nogal scherp tegen zichzelf
"¡Vamos, no sirve de nada llorar así!"
"Kom, het heeft geen zin om zo te huilen!"
"¡Te aconsejo que te detengas ahora mismo!"
"Ik raad je aan om nu meteen te stoppen!"
En general, se daba muy buenos consejos
Ze gaf zichzelf over het algemeen zeer goede adviezen
aunque muy rara vez seguía sus propios consejos
hoewel ze zelden haar eigen advies opvolgde
Y a veces era demasiado dura consigo misma
En ze was soms te streng voor zichzelf
y sus palabras hicieron que se le llenaran los ojos de

lágrimas
En haar woorden brachten tranen in haar ogen
Pronto sus ojos se posaron en una cajita de cristal
Al snel viel haar oog op een klein glazen doosje
La cajita de cristal estaba debajo de la mesa
Het glazen doosje lag onder de tafel
En la caja de cristal había un pastel muy pequeño
In de glazen doos zat een heel klein taartje
En el pastel, algunas palabras estaban bellamente escritas
Op de taart waren enkele woorden prachtig geschreven
Las palabras habían sido marcadas con grosellas
De woorden waren gemarkeerd in krenten
"CÓMEME"
"EET MIJ"
—Bueno, me comeré el pastel —dijo Alicia—
"Nou, ik zal de taart opeten", zei Alice
"y si el pastel me hace crecer, puedo llegar a la llave"
"En als de taart me groter doet worden, kan ik bij de sleutel"
"y si el pastel me hace más pequeño, puedo arrastrarme por debajo de la puerta"
"En als de taart me kleiner maakt, kan ik onder de deur door kruipen"
"así que de cualquier manera me meteré en el jardín"
"dus hoe dan ook, ik ga de tuin in"
"¡Y no me importa cuál de los dos suceda!"
"En het kan me niet schelen welke van de twee gebeurt!"
Se comió un pedacito del pastel
Ze at een klein beetje van de taart
Y se habló a sí misma con ansiedad:
En ze sprak angstig tegen zichzelf:
—¿De qué manera? ¿Hacia dónde?
"Welke kant op? Welke kant op?"
Y se llevó la mano a la cabeza
En ze hield haar hand op haar hoofd
Quería sentir de qué manera estaba creciendo
Ze wilde voelen welke kant ze op groeide
Se sorprendió bastante al descubrir lo que había sucedido

Ze was nogal verrast toen ze ontdekte wat er was gebeurd
¡Había permanecido del mismo tamaño!
Ze was even groot gebleven!
Así que esta vez redobló sus esfuerzos
Dus deze keer verdubbelde ze haar inspanningen
Y pronto terminó todo el pastel
En al snel maakte ze de hele taart op

El charco de lágrimas

De poel van tranen

-¡Esto se está poniendo cada vez más interesante! -exclamó
Alicia-

"Dit wordt steeds interessanter!" riep Alice

Se puede ver que estaba muy sorprendida

Je kunt zien dat ze erg verrast was

**"¡Me estoy abriendo como el telescopio más grande que
jamás haya existido!"**

"Ik open me als de grootste telescoop die er ooit is geweest!"

—¡Adiós, pies! ¡Oh, mis pobres piecitos!

"Tot ziens, voeten! Oh, mijn arme kleine voetjes"

**"Me pregunto quién se pondrá sus zapatos por ustedes
ahora, queridos".**

"Ik vraag me af wie nu je schoenen voor je zal aantrekken,
lieverds?"

—¿Y me pregunto quién se pondrá las medias?

"En ik vraag me af wie je kousen zal aantrekken?"

"Estaré demasiado lejos"

"Ik zal veel te ver weg zijn"

"No podré preocuparme más por ti"

"Ik zal me niet meer druk over je kunnen maken"

Justo en ese momento su cabeza golpeó contra algo

Juist op dat moment stootte haar hoofd ergens tegenaan

Había llegado al techo de la sala

Ze had het dak van de hal bereikt

De hecho, ahora medía más de dos metros de altura

In feite was ze nu meer dan twee meter lang

Y al instante tomó la pequeña llave de oro

En meteen nam ze het gouden sleuteltje op

Y se apresuró a llegar a la puerta del jardín

En ze haastte zich naar de tuindeur

¡Pobre Alicia! No había mucho que pudiera hacer

Arme Alice! Er was niet veel dat ze kon doen

Se acostó de lado

Ze ging op één zij liggen

Y miró al jardín con un ojo

En ze keek met één oog de tuin in
Pero salir adelante era más desesperado que nunca
Maar om er doorheen te komen was hopelozer dan ooit
Se sentó y comenzó a llorar de nuevo
Ze ging zitten en begon weer te huilen
Siguió derramando galones de lágrimas
Ze bleef liters tranen vergieten
Pronto había un gran estanque a su alrededor
Al snel was er een groot zwembad om haar heen
Y el agua llegaba hasta la mitad del pasillo
En het water kwam tot halverwege de zaal
Al cabo de un rato, oyó un pequeño golpeteo de pies
Na een tijdje hoorde ze een beetje getrappel van voeten
Oyó los pasos que venían de lejos
Ze hoorde de voeten uit de verte komen
Y se secó los ojos apresuradamente para ver lo que venía
En ze droogde haastig haar ogen om te zien wat er ging
komen
Era el Conejo Blanco que regresaba
Het was het Witte Konijn dat terugkeerde
Iba espléndidamente vestido
Hij was prachtig gekleed
Tenía un par de guantes blancos en una mano
Hij had een paar witte handschoenen in zijn ene hand
y tenía un gran abanico de plumas en la otra mano
En hij had een grote verenwaaier in de andere hand
Llegó trotando a toda prisa
Hij kwam in grote haast aandraven
y murmuró para sí: "¡Oh! ¡La duquesa, la duquesa!
en hij mompelde in zichzelf: "O! de hertogin, de hertogin!"
—¡Oh! ¡No será salvaje si la he hecho esperar!
"Oh! Zou ze niet woest zijn als ik haar heb laten wachten?"

Cuando el Conejo se acercó a ella, Alicia habló
Toen het Konijn bij haar in de buurt kwam, sprak Alice
Pero ella hablaba en voz baja y tímida
Maar ze sprak met een lage, verlegen stem
"Señor, por favor, deje de hacer lo que está haciendo por un momento"
"Meneer, stop alstublieft even met wat u aan het doen bent"
El Conejo se sobresaltó violentamente
Het Konijn schrok hevig
Dejó caer los guantes blancos y el abanico de plumas
Hij liet de witte handschoenen en de verenwaaier vallen
Y se escabulló en la oscuridad lo más rápido que pudo
En hij haastte zich zo snel als hij kon weg in de duisternis
Alicia recogió el abanico de plumas y los guantes
Alice pakte de verenwaaier en handschoenen op
Y no paraba de abanicarse mientras seguía hablando
En ze bleef zichzelf uitwaaieren terwijl ze bleef praten
"¡Querido, querido! ¡Qué extraño es todo hoy!"
"Lieve, lieve! Hoe vreemd is alles vandaag!"
"Ayer las cosas siguieron como siempre"

"Gisteren ging het gewoon door"
—¿Era yo el mismo cuando me levanté esta mañana?
"Was ik dezelfde toen ik vanmorgen opstond?"
"Pero si no soy el mismo, hay otra cuestión"
"Maar als ik niet dezelfde ben, is er een andere vraag"
"¿Quién demonios soy yo?"
"Wie ben ik in hemelsnaam?"
"¡Ah, ese es el gran rompecabezas!"
"Ah, dat is de grote puzzel!"
Al decir esto, se miró las manos
Terwijl ze dit zei, keek ze naar haar handen
Llevaba uno de los Conejos, gusanos blancos
Ze droeg een van de kleine witte handschoentjes van het
konijn
**No se había dado cuenta de que se había puesto el guante
mientras hablaba**
Ze had niet gemerkt dat ze de handschoen aantrok tijdens het
praten
"¿Cómo pude haber hecho eso?", pensó
"Hoe kan ik dat gedaan hebben?" dacht ze
"Debo estar haciéndome pequeño otra vez"
"Ik moet weer klein worden"
Se levantó y se acercó a la mesa para medir su altura
Ze stond op en ging naar de tafel om haar lengte te meten
**Descubrió que ahora medía aproximadamente medio metro
de altura**
Ze ontdekte dat ze nu ongeveer een halve meter lang was
Y ella seguía encogiéndose rápidamente
En ze kromp nog steeds snel in elkaar
Pronto descubrió cuál era la causa del encogimiento
Ze kwam er al snel achter wat de oorzaak van het krimpen
was
**¡El abanico de plumas la estaba haciendo más pequeña de
nuevo!**
De verenwaaier maakte haar weer kleiner!
Y dejó caer el abanico de plumas apresuradamente
En ze liet de verenwaaier haastig vallen

Dejó caer el abanico de plumas justo a tiempo para salvarse

Ze liet de verenwaaier net op tijd vallen om zichzelf te redden

Si se hubiera abanicado por más tiempo, se habría encogido por completo

Als ze zich nog langer had uitgewaaierd, zou ze helemaal zijn gekrompen

-¡Ha sido una fuga por los pelos! -dijo Alicia-

"Dat was een nipte ontsnapping!" zei Alice

Y se asustó mucho ante el cambio repentino

En ze was behoorlijk bang voor de plotselinge verandering

pero estaba muy contenta de encontrarse todavía en existencia

Maar ze was erg blij dat ze nog steeds bestond

—¡Y ahora, al jardín!

"En nu, op naar de tuin!"

Y corrió a toda prisa hacia la puertecita

En ze rende met volle vaart terug naar het deurtje

Pero, ¡ay! La puertecita se cerró de nuevo

Maar helaas! Het deurtje was weer dicht

Y la pequeña llave de oro volvía a estar sobre la mesa de cristal

En het gouden sleuteltje lag weer op de glazen tafel

"Las cosas están peor que nunca", pensó el pobre niño

"Het is erger dan ooit," dacht het arme kind

"Nunca antes había sido tan pequeño como esto, ¡nunca!"

"Ik was nog nooit zo klein als dit, nooit!"

Al decir estas palabras, su pie resbaló

Terwijl ze deze woorden uitsprak, gleed haar voet uit

¡Y en otro momento hubo un gran chapoteo!

En in een ander moment was er een geweldige plons!

Estaba sumergida en agua salada hasta la barbilla

Ze stond tot haar kin in het zoute water

Su primera idea fue que de alguna manera había caído al mar

Haar eerste idee was dat ze op de een of andere manier in zee was gevallen

Sin embargo, pronto se dio cuenta de en qué estaba metida

Ze realiseerde zich echter al snel waar ze zich in bevond
Estaba en un charco de lágrimas
Ze lag in een poel van tranen
las lágrimas que había llorado cuando tenía dos metros de altura
de tranen die ze had gehuild toen ze twee meter lang was

Justo en ese momento escuchó algo
Op dat moment hoorde ze iets
Algo chapoteaba en la piscina
Er spetterde iets in het zwembad
El chapoteo venía de un poco más lejos
Het gespetter kwam van een eindje weg
Y se acercó nadando para ver qué era el chapoteo
En ze zwom dichterbij om te zien wat het gespetter was
Pronto vio que era solo un ratoncito
Ze zag al snel dat het maar een klein muisje was
El ratoncito también se había metido en el agua
De kleine muis was ook in het water geglipt
Alicia pensó para sí misma sobre la situación
Alice dacht bij zichzelf na over de situatie
—¿Serviría de algo hablar con este ratón?

"Zou het enig nut hebben om met deze muis te praten?"

"Aquí todo está tan al revés"

"Alles staat hier zo op zijn kop"

"Creo que es muy probable que este ratón pueda hablar"

"Ik zou denken dat het zeer waarschijnlijk is dat deze muis
kan praten"

"En cualquier caso, no hay nada de malo en intentarlo"

"Het kan in ieder geval geen kwaad om het te proberen"

Así que empezó a tratar de hablar con el ratón

Dus begon ze te proberen met de muis te praten

"Oh Ratón, ¿conoces la forma de salir de esta piscina?"

"Oh Muis, weet jij de weg uit dit zwembad?"

—¡Estoy muy cansado de nadar por aquí, oh ratón!

"Ik ben het erg beu om hier rond te zwemmen, Oh Muis!"

El ratón la miró con curiosidad

De muis keek haar nogal onderzoekend aan

El ratón parecía guiñar un ojo con uno de sus ojitos

De muis leek met een van zijn kleine oogjes te knipogen

Pero el ratoncito no dijo nada

Maar het muisje zei niets

"A lo mejor el ratón no entiende inglés", pensó Alicia

"Misschien verstaat de muis geen Engels", dacht Alice

"Me atrevo a decir que es un ratón francés"

"Ik durf te zeggen dat het een Franse muis is"

"tal vez este ratón vino con Guillermo el Conquistador"

"misschien is deze muis overgekomen met Willem de
Veroveraar"

Así que empezó de nuevo, en francés

Dus begon ze opnieuw, in het Frans

"¿Dónde está mi gato?", preguntó en francés

"Waar is mijn kat?" vroeg ze in het Frans

era la primera frase de su libro de clases de francés

het was de eerste zin in haar Franse lesboek

El Ratón dio un súbito salto fuera del agua

De Muis maakte een plotselinge sprong uit het water

y el ratón pareció temblar de miedo

En de muis leek helemaal te trillen van angst

-¡Oh, le ruego que me perdone! -exclamó Alicia apresuradamente-

"O, neem me niet kwalijk!" riep Alice haastig

Temía haber herido los sentimientos del pobre animal

Ze was bang dat ze de gevoelens van het arme dier had gekwetst

"Olvidé que no te gustaban los gatos"

"Ik was helemaal vergeten dat je niet van katten hield"

—¡No me gustan los gatos! —exclamó el ratón con voz estridente y apasionada—

"Ik hou niet van katten!" riep de Muis met een schrille, hartstochtelijke stem

—¿Te gustaría tener gatos, si fueras yo?

"Zou je katten willen, als je mij was?"

Alicia consoló al ratón en un tono tranquilizador

Alice troostte de muis op een kalmerende toon

"Bueno, tal vez a mí tampoco me gustarían los gatos si fuera tú"

"Nou, misschien zou ik ook niet van katten houden als ik jou was"

"Por favor, no te enfades por la mención de los gatos"

"Wees alsjeblieft niet boos over het noemen van katten"

"Y, sin embargo, desearía poder mostrarte a nuestra gata Dinah"

"En toch wou ik dat ik je onze kat Dina kon laten zien"

"Si la conocieras, creo que te encapricharías de los gatos"

"Als je haar zou ontmoeten, denk ik dat je een oogje op katten zou hebben"

"Si tan solo pudieras verla"

"Als je haar maar kon zien"

"Es una cosa tan querida y tranquila"

"Ze is zo'n liev, stil ding"

El ratón temblaba por todas partes

De muis trilde helemaal

Alicia estaba segura de que el ratón debía pobre estar realmente ofendido

Alice was er zeker van dat de muis echt beledigd moest zijn

"No hablaremos más de ella, si prefieres no hacerlo"
"We zullen niet meer over haar praten, als je dat liever niet doet"
-¡Nosotros, en efecto! -exclamó el Ratón-
"Wij, inderdaad!" riep de Muis
El ratón temblaba hasta la punta de la cola
De muis beefde tot het einde van zijn staart
—¡Como si fuera a hablar de un tema así!
"Alsof ik over zo'n onderwerp zou praten!"
"Nuestra familia siempre odió a los gatos"
"Ons gezin had altijd een hekel aan katten"
"Gatos; ¡Cosas desagradables, bajas, vulgares!"
"Katten; Smerige, lage, vulgaire dingen!"
"¡No dejes que vuelva a escuchar el nombre!"
"Laat me de naam niet meer horen!"
-¡No volveré a hablar de los gatos! -dijo Alicia-
"Ik zal het inderdaad niet meer over katten hebben!" zei Alice
Tenía mucha prisa por cambiar de tema
Ze had grote haast om van onderwerp te veranderen
"¿Eres tú... ¿Te gustan los perros?
"Ben jij... Ben je dol op honden?"
"Hay un perrito tan simpático cerca de nuestra casa"
"Er is zo'n leuk hondje in de buurt van ons huis,"
—¡Me gustaría enseñarte el perrito!
"Ik wil je graag het hondje laten zien!"
"Este perrito mata a todas las ratas y...
"Dit hondje doodt alle ratten en...
-¡Oh, querida! -exclamó Alicia en tono triste-
"Oh, jee!" riep Alice op een bedroefde toon
"¡Me temo que te he ofendido de nuevo!"
"Ik ben bang dat ik je weer beledigd heb!"
El ratón se alejaba nadando de ella tan rápido como podía
De muis zwom zo snel als hij kon van haar weg
y el ratón hizo un gran alboroto en la piscina
En de muis maakte nogal wat ophef in het zwembad
Así que llamó suavemente al ratón
Dus riep ze zachtjes naar de muis

"¡Mi querido ratón, por favor vuelve!"
"Mijn lieve muis, kom alsjeblieft terug!"
"Y no hablaremos de gatos"
"En we zullen het niet over katten hebben"
"Y tampoco tenemos que hablar de perros"
"En we hoeven het ook niet over honden te hebben"
Cuando el ratón escuchó esto, se dio la vuelta
Toen de muis dit hoorde, draaide hij zich om
Y el ratoncito nadó lentamente de regreso a ella
En de kleine muis zwom langzaam terug naar haar
La cara del ratón estaba bastante pálida
Het gezicht van de muis was nogal bleek
Y el ratón habló, en voz baja y temblorosa
En de muis sprak, met een lage, bevende stem
"Vamos a la orilla"
"Laten we naar de kust gaan"
"y luego te contaré mi historia"
"En dan zal ik je mijn geschiedenis vertellen"
"y entenderás por qué odio a los gatos y a los perros"
"en je zult begrijpen waarom ik katten en honden haat"
Ya era hora de partir
Het was de hoogste tijd geworden om te gaan
porque la piscina se estaba llenando bastante
omdat het zwembad behoorlijk druk werd
Otros pájaros y animales habían caído en el estanque
Andere vogels en dieren waren in het zwembad gevallen
había un pato y un dodo
er waren een eend en een dodo
y había un pájaro lori y un aguilucho
en er was een Lory vogel en een Adelaar
Y había varias otras criaturas de aspecto interesante
En er waren verschillende andere interessant uitziende
wezens
Alicia abrió el camino para salir de la piscina
Alice ging voor uit het zwembad
Y todo el grupo de animales nadó hasta la orilla
En de hele groep dieren zwom naar de kust

Una carrera de caucus y una larga cola

Een caucusrace en een lange staart

De hecho, eran un grupo de animales de aspecto gracioso

Het was inderdaad een grappig uitziend stel dieren

Y todos se reunieron a la orilla del agua

En ze verzamelden zich allemaal aan de oever van het water

Todos los pájaros tenían las plumas desaliñadas

De vogels hadden allemaal verfomfaaide veren

y los animales peludos estaban empapados

En de harige dieren waren doorweekt

y todos estaban empapados, molestos e incómodos

En ze waren allemaal druipnat, geïrriteerd en ongemakkelijk

Había una pregunta que había que responder primero

Er was één vraag die eerst beantwoord moest worden

¿Cuál es la mejor manera de que todos se sequen?

Wat is de beste manier voor iedereen om droog te worden?

Tuvieron una consulta sobre este asunto

Ze hadden een consultatie over deze kwestie

Pronto todos se sintieron en términos familiares

Al snel stonden ze allemaal op vertrouwde voet
Era como si los conociera de toda la vida
Het was alsof ze hen haar hele leven had gekend
El ratón parecía ser una persona de cierta autoridad
De muis leek een persoon met enig gezag te zijn
"¡Siéntense todos y escúchenme!
"Ga zitten, jullie allemaal, en luister naar mij!"
"¡Pronto los volveré a secar!"
"Ik maak jullie straks weer helemaal droog!"
Se sentaron todos a la vez, en un gran círculo
Ze gingen allemaal tegelijk zitten, in een grote ring
y el ratoncito se sentó en el medio
En de kleine muis zat in het midden
—¡Ejem! —dijo el ratón con aire importante—
"Ahum!" zei de muis met een veelbetekenende air
"¿Están todos listos?"
"Ben je er helemaal klaar voor?"
"Esto es lo más seco que conozco"
"Dit is het droogste wat ik ken"
—¡Silencio por todas partes, por favor!
"Stilte rondom, als je wilt!"
"Guillermo el Conquistador fue favorecido por el Papa"
"Willem de Veroveraar werd begunstigd door de paus"
"pero pronto fue sometido por los ingleses"
"maar hij werd al snel door de Engelsen onderworpen"
"Últimamente querían líderes"
"Ze wilden de laatste tijd leiders"
"Y se habían acostumbrado al poder y a la conquista"
"En zij waren gewend aan macht en verovering"
"Edwin y Morcar, los condes de Mercia y Northumbria"
"Edwin en Morcar, de graven van Mercia en Northumbria"
—¡Uf! —exclamó el pájaro lori con un escalofrío—
"Bah!" zei de lori-vogel met een rilling
"e incluso Stigand, el patriota arzobispo de Canterbury"
"en zelfs Stigand, de patriottische aartsbisschop van
Canterbury"
"A él también le pareció aconsejable"

"Hij vond het ook raadzaam"
-¿Qué le pareció aconsejable? -dijo el pato-
"Wat vond hij raadzaam?" zei de eend
**—Le pareció aconsejable —replicó el ratón con cierto
enfado—**
"Hij vond het raadzaam," antwoordde de muis nogal boos
Pero el pato no estaba satisfecho
Maar de eend was niet tevreden
"Por supuesto, ya sabes lo que significa"
"Natuurlijk, je weet wat 'het' betekent"
—Sé lo que es cuando encuentro una cosa —dijo el pato—
"Ik weet wat 'het' is als ik iets vind," zei de eend
"Generalmente es una rana o un gusano"
"Het is meestal een kikker of een worm"
"La pregunta es, ¿qué encontró el arzobispo?"
"De vraag is, wat heeft de aartsbisschop gevonden?"
El ratón no se dio cuenta de esta pregunta
De muis merkte deze vraag niet op
**En cambio, el ratón continuó apresuradamente con el
discurso**
In plaats daarvan ging de muis haastig verder met zijn
toespraak
"le pareció aconsejable ir con Edgar Atheling"
"hij vond het raadzaam om met Edgar Atheling mee te gaan"
"para encontrarme con Guillermo y ofrecerle la corona"
"om Willem te ontmoeten en hem de kroon aan te bieden"
el ratón continuó, volviéndose hacia Alicia mientras hablaba
de muis ging verder en wendde zich tot Alice terwijl hij sprak
—¿Cómo te va ahora, querida?
"Hoe gaat het nu met je, mijn liefste?"
**—Tan mojado como siempre —dijo Alicia en tono
melancólico—**
'Zo nat als altijd,' zei Alice op een melancholische toon
"Esta historia no parece que me seque en absoluto"
"Dit verhaal lijkt me helemaal niet uit te drogen"
**—En ese caso —dijo solemnemente el dodo, poniéndose en
pie—**

"In dat geval," zei de dodo plechtig, terwijl hij opstond
"Voto que se levante la sesión"
"Ik stem voor schorsing van de vergadering"
"y propongo la adopción inmediata de remedios más enérgicos"
"en ik stel een onmiddellijke adoptie van meer energetische remedies voor"
—**¡Di palabras de verdad! —dijo el aguilucho—**
"Spreek echte woorden!" zei de adelaar
"No conozco el significado de la mitad de esas palabras largas"
"Ik ken de betekenis van de helft van die lange woorden niet"
—**¡Y, lo que es más, tampoco creo que tú lo sepas!**
"En wat meer is, ik geloof ook niet dat jij het weet!"
—**Lo que iba a decir —dijo el dodo en tono ofendido—**
"Wat ik wilde zeggen," zei de dodo op een beledigde toon
"Lo mejor para deshacernos sería una contienda electoral"
"Het beste om ons droog te krijgen zou een caucus-race zijn"
—**¿Qué es una contienda electoral? —preguntó Alicia**
"Wat is een caucus-race?" zei Alice

—**Bueno —dijo el dodo—, la mejor manera de explicarlo es hacerlo.**
"Nou," zei de dodo, "de beste manier om het uit te leggen is door het te doen"

"Primero el dodo trazó un hipódromo"
"Eerst heeft de dodo een renbaan uitgezet"
"La pista estaba en una especie de círculo"
"De baan stond in een soort cirkel"
"Y luego todo el grupo se colocó a lo largo del recorrido"
"En toen werd het hele gezelschap langs het parcours geplaatst"
No hubo "¡Uno, dos, tres y fuera!"
Er was geen "Een, twee, drie en weg!"
pero empezaron a correr cuando quisieron
Maar ze begonnen te rennen wanneer ze wilden
Y también terminaban cuando querían
En ze maakten het ook af wanneer ze wilden
Así que no era fácil saber cuándo había terminado la carrera
Het was dus niet gemakkelijk om te weten wanneer de race voorbij was
Después de media hora más o menos de correr, todos estaban bastante secos
Na een half uur of zo rennen waren ze allemaal behoorlijk droog
el dodo gritó de repente: "¡La carrera ha terminado!"
de dodo riep plotseling: "De race is voorbij!"
Y todos se agolparon alrededor del dodo
En ze verdrongen zich allemaal rond de dodo
Todos los animales jadeaban y resoplaban
Alle dieren hijgden en puften
y todos querían saber: "¿Pero quién ha ganado?"
en ze wilden allemaal weten: "Maar wie heeft er gewonnen?"
El dodo no pudo responder de inmediato a esta pregunta
Deze vraag kon de dodo niet meteen beantwoorden
Primero tuvo que pensar mucho
Eerst moest hij veel denkwerk doen
Después de pensarlo mucho, el Dodo finalmente habló
Na lang nadenken sprak de Dodo eindelijk
"Todos han ganado y todos deben tener premios"
"Iedereen heeft gewonnen, en iedereen moet prijzen hebben"
"¿Pero quién va a dar los premios?", preguntó un coro de

voces
"Maar wie zal de prijzen uitreiken?" vroeg een koor van
stemmen
—Bueno, ella, por supuesto —dijo el dodo—
"Nou, zij natuurlijk," zei de dodo
y el dodo señaló con un dedo a Alicia
en de dodo wees met één vinger naar Alice
y todo el grupo de animales se agolpó a su alrededor
En de hele kudde dieren verdrong zich om haar heen
gritaron, de manera confusa: "¡Premios! ¡Premios!"
ze riepen op een verwarde manier: "Prijzen! Prijzen!"
Alicia no tenía ni idea de qué hacer
Alice had geen idee wat ze moest doen
Desesperada, se metió la mano en el bolsillo
Wanhopig stak ze haar hand in haar zak
Y sacó una caja de dulces
En ze haalde een doos snoep tevoorschijn
Por suerte, el agua salada no había entrado en la caja
Gelukkig was het zoute water niet in de doos gekomen
Y repartió los dulces como premios
En ze deelde de snoepjes uit als prijzen
Había exactamente una pieza para todos
Er was precies één stuk voor iedereen
Lo siguiente que tenían que hacer era comer los dulces
Het volgende wat ze moesten doen was de snoepjes opeten
Esto causó algo de ruido y confusión
Dit zorgde voor wat ruis en verwarring
Los grandes pájaros se quejaban de que no podían saborear
sus dulces
De grote vogels klaagden dat ze hun snoep niet konden
proeven
Los pequeños se ahogaron y hubo que darles palmaditas en
la espalda
De kleintjes verslikten zich en moesten op de rug worden
geklopt
Sin embargo, al fin se acabó
Maar het was eindelijk voorbij

y se sentaron de nuevo en un anillo
En ze gingen weer in een kring zitten
Y le rogaron al ratón que les dijera algo más
En ze smeekten de muis om hen nog iets te vertellen
—Prometiste contarme tu historia, ¿sabes? —dijo Alicia—
'Je hebt beloofd me je geschiedenis te vertellen, weet je,' zei
Alice
**E hizo otro pequeño comentario sobre los gatos en un
susurro**
En ze maakte fluisterend nog een kleine opmerking over
katten
No quería volver a ofender al ratón
Ze wilde de muis niet nog een keer beledigen
el ratoncito se volvió hacia Alicia y suspiró
de kleine muis wendde zich tot Alice en zuchtte
—¡La mía es una larga y triste historia!
"Het mijne is een lang en een triest verhaal!"
—Es una cola larga, sin duda —dijo Alicia—
"Het is zeker een lange staart," zei Alice
Y miró con asombro la cola del ratón
En ze keek vol verwondering naar de staart van de muis
—¿Pero por qué le llamas cola triste?
"Maar waarom noem je het een trieste staart?"
**Y ella seguía desconcertada al respecto mientras el ratón
hablaba**
En ze bleef erover puzzelen terwijl de muis sprak
de modo que su idea del cuento era más o menos así
zodat haar idee van het verhaal ongeveer zo was

"Fury said to
a mouse, That
he met in the
house, 'Let
us both go
to law: *I*
will prosecute
you.——
Come, I'll
take no denial:
We must have
the trial;
For really
this morning
I've
nothing
to do.'
Said the
mouse to
the cur,
'Such a
trial, dear
sir, With
no jury
or judge,
would
be wasting
our
breath.'
'I'll be
judge,
I'll be
jury,'
said
cunning
old
Fury;
'I'll
try
the
whole
cause,
and
condemn
you to
death.'"

Furia le dijo a un ratón: "Que se encontró en la casa"
Woede zei tegen een muis, die hij in het huis ontmoette"
Vayamos los dos a la ley: yo te procesaré
Laten we allebei naar de rechter gaan: ik zal je vervolgen
Vamos, no aceptaré ninguna negación: debemos tener el juicio
Kom, ik zal het niet ontkennen: we moeten de rechtszaak hebben
Porque realmente esta mañana no tengo nada que hacer
Want echt vanmorgen heb ik niets te doen
Dijo el ratón al cur;

Zei de muis tegen de pastoor;
**Un juicio así, querido señor, sin jurado ni juez, sería una
pérdida de aliento**
Zo'n proces, geachte heer, zonder jury of rechter, zou onze
adem verspillen
—Seré juez, seré jurado —dijo el astuto viejo Fury—
"Ik zal rechter zijn, ik zal jury zijn," zei de sluwe oude Fury
Juzgaré toda la causa y te condenaré a muerte
Ik zal de hele zaak proberen en je ter dood veroordelen
el ratón le habló severamente a Alicia
de muis sprak streng tegen Alice
"¡No estás prestando atención!"
"Je let niet op!"
—¿En qué estás pensando?
"Waar denk je aan?"
**—Le ruego que me perdone —dijo Alicia muy
humildemente—**
"Neem me niet kwalijk," zei Alice heel nederig
—¿Habías llegado a la quinta curva, creo?
"Je was bij de vijfde bocht aangekomen, denk ik?"
"¡Me insultas diciendo tales tonterías!"
"Je beledigt me door zulke onzin te praten!"
Y el ratón se levantó y se alejó
En de muis stond op en liep weg
Alicia llamó al ratoncito
Alice riep naar het muisje
"¡Por favor, regresa y termina tu historia!"
"Kom alsjeblieft terug en maak je verhaal af!"
Y todos los demás se unieron a coro
En de anderen deden allemaal in koor mee
"¡Sí, por favor, termine su historia!"
"Ja, maak alsjeblieft je verhaal af!"
Pero el ratón se limitó a negar con la cabeza con impaciencia
Maar de muis schudde alleen maar ongeduldig zijn hoofd
Y el ratoncito caminó un poco más rápido
En de kleine muis liep een beetje sneller
—¡Ojalá tuviera aquí a Dinah, nuestra gata! —dijo Alicia—

"Ik wou dat ik Dinah, onze kat, hier had!" zei Alice
Esto causó una notable sensación entre el grupo
Dit veroorzaakte een opmerkelijke sensatie onder de partij
Algunos de los pájaros se apresuraron a huir de inmediato
Sommige vogels haastten zich meteen weg
y un canario gritó con voz temblorosa a sus hijos;
en een kanarie riep met bevende stem tot zijn kinderen;
—¡Váyanse, queridos míos!
"Kom weg, mijn lieverds!"
"¡Ya es hora de que estén todos en la cama!"
"Het wordt hoog tijd dat jullie allemaal in bed liggen!"
Con varias excusas se fueron todos
Met verschillende excuses gingen ze allemaal weg
y Alicia no tardó en quedarse sola
en Alice bleef al snel alleen achter
—¡Ojalá no hubiera mencionado a Dinah!
"Ik wou dat ik Dina niet had genoemd!"
"Parece que a nadie le gusta aquí abajo"
"Niemand lijkt haar hier leuk te vinden"
—¡Pero estoy seguro de que es la mejor gata del mundo!
"Maar ik weet zeker dat ze de beste kat ter wereld is!"
La pobre Alicia se echó a llorar de nuevo
Arme Alice begon weer te huilen
porque se sentía muy sola y desanimada
Omdat ze zich erg eenzaam en neerslachtig voelde
Al cabo de un rato, sin embargo, volvió a oír algo
Maar na een poosje hoorde ze weer iets
un pequeño golpeteo de pasos a lo lejos
een klein gekletter van voetstappen in de verte
Y ella miró hacia arriba ansiosamente
En ze keek gretig op

El conejo manda al pequeño Sr. Bill
Het konijn stuurt kleine meneer Bill naar binnen

Era el conejo blanco, que volvía trotando lentamente
Het was het witte konijn, dat langzaam weer terugdraafde
Miraba a su alrededor ansiosamente mientras se alejaba
Hij keek angstig om zich heen terwijl hij liep
Parecía como si hubiera perdido algo
Hij zag eruit alsof hij iets kwijt was
Alicia le oyó murmurar para sí misma
Alice hoorde hem in zichzelf mompelen
—¡La duquesa! ¡La duquesa! ¡Oh, mis queridas patas!
"De hertogin! De hertogin! O, mijn lieve poten!"
—¡Oh, mi pelo y mis bigotes!
"Oh, mijn vacht en snorharen!"
"Ella hará que me ejecuten, estoy seguro de eso"
"Ze zal me laten executeren, daar ben ik zeker van"
—¡Tan cierto como que los hurones son hurones!
"Net zo zeker als fretten fretten zijn!"
"¿Dónde puedo haber dejado mis cosas, me pregunto?"

"Waar kan ik mijn spullen hebben laten vallen, vraag ik me af?"
Alicia adivinó en un momento lo que estaba buscando
Alice raadde in een oogwenk waar hij naar op zoek was
Buscaba el abanico de plumas
Hij was op zoek naar de verenwaaier
Y buscaba el par de guantes blancos
En hij was op zoek naar het paar witte handschoenen
Así que ella, muy bondadosamente, comenzó a buscar los guantes
Dus ging ze heel goedmoedig op zoek naar de handschoenen
Y también buscó el abanico de plumas
En ze zocht ook naar de verenwaaier
Pero los guantes y el abanico de plumas no se veían por ninguna parte
Maar de handschoenen en de verenwaaier waren nergens te bekennen
Todo parecía haber cambiado desde que se bañó en la piscina
Alles leek te zijn veranderd sinds haar zwemmen in het zwembad
Nada era igual desde que estaba en el Gran Salón
Niets was meer hetzelfde sinds ze in de Grote Zaal was geweest
y la mesa de cristal había desaparecido
En de glazen tafel was verdwenen
Y la puertecita tampoco estaba allí
En het deurtje was er ook niet
Muy pronto el conejo se fijó en Alicia
Al snel merkte het konijn Alice op
—la llamó en tono airado
Hij riep haar op boze toon
—Mary Ann, ¿qué haces aquí?
"Mary Ann, wat doe je hier?"
"Corre a casa en este momento"
"Ren nu naar huis"
—¡Y tráeme un par de guantes y un abanico de plumas!

"En haal een paar handschoenen en een verenwaaier!"
—¡Y date prisa!
"En wees er snel bij!"
Alicia se habló a sí misma mientras salía corriendo
Alice sprak tegen zichzelf terwijl ze wegrende
—¡Debe de haberme confundido con su criada!
"Hij moet me voor zijn dienstmeisje hebben aangezien!"
"¡Qué sorpresa se quedará cuando se entere de quién soy!"
"Wat zal hij verrast zijn als hij erachter komt wie ik ben!"
Al decir esto, se encontró con una casita pulcra
Terwijl ze dit zei, kwam ze bij een keurig huisje
En la puerta de la casa había una placa de bronce brillante
Op de deur van het huis hing een fel messing plaatje
"W. CONEJO"
"W. KONIJN"
Entró sin llamar a la puerta
Ze ging naar binnen zonder op de deur te kloppen
Y se apresuró a subir las escaleras
En ze haastte zich meteen naar boven
le preocupaba conocer a la verdadera Mary Ann
ze was bang dat ze de echte Mary Ann zou ontmoeten
porque entonces la echarían de la casa
Want dan zou ze het huis uit worden gezet
Y no sería capaz de encontrar el abanico de plumas y los guantes
En ze zou de verenwaaier en handschoenen niet kunnen vinden
Alicia había encontrado el camino hacia una pequeña habitación ordenada
Alice had haar weg gevonden naar een opgeruimd kamertje
En la habitación había una mesa junto a la ventana
In de kamer stond een tafel bij het raam
y sobre la mesa había un abanico de plumas
En op tafel stond een verenwaaier
Y había dos o tres pares de diminutos guantes blancos
En er waren twee of drie paar kleine witte handschoentjes
Cogió el abanico de plumas y un par de guantes

Ze pakte de verenwaaier en een paar van de handschoenen
Y estaba a punto de salir de la habitación
En ze stond op het punt de kamer te verlaten
Pero entonces sus ojos se posaron en una botellita
Maar toen viel haar oog op een flesje
Descorchó la botella y se la llevó a los labios
Ze ontkurkte de fles en zette hem aan haar lippen
"Espero que me haga crecer de nuevo"
"Ik hoop wel dat ik er weer groot van word"
"¡Estoy cansada de ser una cosita tan pequeña!"
"Ik ben het zat om zo'n klein ding te zijn!"
Alicia apenas se había bebido la mitad de la botella
Alice had nauwelijks de helft van de fles leeggedronken
Su cabeza ya estaba presionada contra el techo
Haar hoofd drukte al tegen het plafond
Y tuvo que agacharse
En ze moest bukken
para salvar su cuello de ser roto
om te voorkomen dat haar nek wordt gebroken
Dejó apresuradamente la botella
Haastig zette ze de fles neer
"Con eso basta"
"Dat is genoeg"
"Espero no crecer más"
"Ik hoop dat ik niet meer groei"
¡Ay! ¡Era demasiado tarde para desearlo!
Helaas! Het was te laat om dat te wensen!
Ella siguió creciendo y creciendo
Ze bleef groeien en groeien
y muy pronto tuvo que arrodillarse en el suelo
En al snel moest ze op de grond knielen
Y aun así siguió creciendo
En zelfs toen bleef ze groeien
Como último recurso, sacó un brazo por la ventana
Als laatste redmiddel stak ze een arm uit het raam
Y metió un pie por la chimenea
En ze zette een voet in de schoorsteen

"Ahora no puedo hacer más, pase lo que pase"
"Nu kan ik niets meer doen, wat er ook gebeurt"
—¿Qué será de mí?
"Wat zal er van mij worden?"

Alicia tuvo un poco de suerte
Alice had een beetje geluk
La pequeña botella mágica había tenido todo su efecto
Het toverflesje had zijn volle effect gehad
y Alicia no creció más de lo que era
en Alice werd niet groter dan ze was
Al cabo de unos minutos oyó una voz en el exterior
Na een paar minuten hoorde ze buiten een stem
Y se detuvo a escuchar la voz
En ze stopte om naar de stem te luisteren
—¡María Ana! ¡Mary Ann! -dijo la voz-
"Maria Ann! Mary Ann!" zei de stem
"¡Tráeme mis guantes en este momento!"
"Haal nu mijn handschoenen voor me!"
Luego se oyó un pequeño golpeteo de pies en la escalera

Toen kwam er een beetje getrappel van voeten op de trap

Alicia supo que era el conejo que venía a buscarla

Alice wist dat het het konijn was dat haar kwam zoeken

Y tembló hasta hacer temblar la casa

En ze beefde tot ze het huis deed schudden

Se olvidó por completo de sus proporciones

Ze was helemaal vergeten wat haar proporties waren

Era mil veces más grande que el conejo

Ze was duizend keer zo groot als het konijn

Y no tenía por qué temer a un conejo

En ze had geen reden om bang te zijn voor een konijn

De pronto, el conejo se acercó a la puerta

Weldra kwam het konijn naar de deur

Y el conejito trató de abrir la puerta

En het kleine konijn probeerde de deur te openen

La puerta comenzó a abrirse hacia adentro

De deur begon naar binnen open te gaan

pero el codo de Alicia estaba apretado con fuerza contra la puerta

maar Alice's elleboog werd hard tegen de deur gedrukt

Ese intento resultó un fracaso

Die poging liep op niets uit

Alicia oyó que el conejo se hablaba a sí mismo

Alice hoorde het konijn tegen zichzelf praten

"Entonces daré la vuelta y entraré por la ventana"

"Dan ga ik rond en ga door het raam naar binnen"

«¡Que no lo harás!», pensó Alicia

"Dat doe je niet!" dacht Alice

Y volvió a esperar un poco

En ze wachtte weer een beetje

Pronto oyó al conejo justo debajo de la ventana

Al snel hoorde ze het konijn net onder het raam

De repente extendió la mano

Plotseling strekte ze haar hand uit

Y ella hizo un arrebato en el aire

En ze maakte een ruk in de lucht

No se apoderó de nada

Ze kreeg niets te pakken
Pero oyó un pequeño alarido y una caída
Maar ze hoorde een klein gilletje en een val
Y oyó el estrépito de cristales rotos
En ze hoorde een knal van gebroken glas
Tal vez el conejo se había caído
Misschien was het konijn gevallen
Tal vez estaba en un invernadero
Misschien was hij in een kas
Luego se oyó una voz airada; La voz del conejo
Vervolgens kwam er een boze stem; De stem van het konijn
"Pat, ¿dónde estás?"
"Pat, waar ben je?"
Y entonces llegó una voz que nunca antes había oído
En toen kwam er een stem die ze nog nooit eerder had
gehoord
"¡Su señoría, estoy aquí!"
"Edelachtbare, ik ben hier!"
"Estoy cavando en busca de manzanas"
"Ik ben aan het graven naar appels"
"¡Aquí! ¡Ven y ayúdame a salir de esto!"
"Hier! Kom en help me hieruit!"
—Ahora dime, Pat, ¿qué es eso que hay en la ventana?
"Vertel me nu eens, Pat, wat is dat in het raam?"
"Claro, su señoría, se lo diré"
"Natuurlijk, edelachtbare, ik zal het u vertellen"
"¡Es un brazo que está en la ventana!"
"Het is een arm die in het raam zit!"
"Bueno, un brazo no tiene nada que hacer allí"
"Nou, een arm heeft daar niets te zoeken"
"¡Ve y quítate el brazo!"
"Ga en neem de arm weg!"
Hubo un largo silencio después de esto
Hierna viel er een lange stilte
y Alicia sólo podía oír susurros de vez en cuando
en Alice kon alleen af en toe gefluister horen
Y, por fin, volvió a extender la mano

En eindelijk strekte ze haar hand weer uit
Y ella hizo otro arrebato en el aire
En ze maakte nog een ruk in de lucht
Esta vez hubo dos pequeños chillidos
Deze keer waren er twee kleine gilmetjes
y se escucharon más sonidos de vidrios rotos
En er was meer geluid van gebroken glas
«¡Me pregunto qué harán ahora!», pensó Alicia
"Ik vraag me af wat ze nu gaan doen!" dacht Alice
"Ojalá me sacaran por la ventana"
"Ik wou dat ze me uit het raam zouden trekken"
Esperó un buen rato
Ze wachtte enige tijd
Pero durante un rato no oyó nada más
Maar een tijdje hoorde ze niets meer
Por fin se oyó el estruendo de unas ruedas
Eindelijk kwam er een gerommel van kleine wieltjes
Y se oyó el sonido de muchas voces
En daar klonk het geluid van een groot aantal stemmen
Todas las voces hablaban al unísono
Alle stemmen spraken samen
Pudo distinguir algunas de las palabras
Ze kon sommige van de woorden onderscheiden
—¿Dónde está la otra escalera?
"Waar is de andere ladder?"
"Bill tiene la otra escalera"
"Bill heeft de andere ladder"
"¡Bill, ven aquí!"
"Bill, kom hier!"
—¿Soportará el techo la carga?
"Zal het dak de last dragen?"
—¿Quién quiere bajar por la chimenea?
"Wie wil er door de schoorsteen gaan?"
—¡No, no lo haré! ¡Tú lo haces!"
"Neen, dat zal ik niet doen! Jij doet het!"
—¡Aquí, Bill!
"Hier, Bill!"

"¡El maestro dice que tienes que bajar por la chimenea!"
"De meester zegt dat je door de schoorsteen moet gaan!"
Alicia arrastró el pie por la chimenea todo lo que pudo
Alice trok haar voet zo ver mogelijk door de schoorsteen
Y luego esperó a ver lo que venía
En toen wachtte ze om te zien wat er zou komen
Escuchó a un animalito arañar y revolver
Ze hoorde een diertje krabben en klauteren
El animalito debe estar en la chimenea
Het diertje moet in de schoorsteen zitten
Luego dio una fuerte patada
Toen gaf ze een harde trap
Y esperó a ver qué pasaría después
En ze wachtte om te zien wat er nu zou gebeuren
Oyó un coro general de voces
Ze hoorde een algemeen koor van stemmen
"¡Ahí va Bill!", dijeron todos
"Daar gaat Bill!" zeiden ze allemaal
Entonces oyó solo la voz del conejo
Toen hoorde ze alleen de stem van het konijn
"¡Tú por el seto, atrápalo!"
"Jij bij de heg, vang hem!"
Hubo otro momento de silencio
Er was weer een moment van stilte
Y entonces hubo otra confusión de voces
En toen was er weer een spraakverwarring
"Levanta la cabeza, Brandy"
"Houd zijn hoofd omhoog, Brandy"
"Ten cuidado de no asfixiarlo"
"Pas op dat je hem niet verstikt"
—¿Qué te pasó?
"Wat is er met je gebeurd?"
Por último, llegó una vocecita débil y chillona
Als laatste kwam een kleine zwakke, piepende stem
"Bueno, ya casi no sé"
"Nou, meer weet ik bijna niet"
"Gracias a todos, ahora estoy mejor"

"Bedankt allemaal, ik ben nu beter"

"Hay una cosa que puedo recordar"

"Er is één ding dat ik me kan herinneren"

"Algo viene hacia mí como un tren en un túnel"

"Er komt iets op me af als een trein in een tunnel"

"¡Y vuelo hacia arriba como un cohete!"

"En ik vlieg als een raket omhoog!"

Hubo uno o dos minutos de silencio

Er was een minuut of twee stilte

Y entonces empezaron a moverse de nuevo

En toen begonnen ze weer te bewegen

y Alicia oyó hablar de nuevo al Conejo

en Alice hoorde het Konijn weer praten

"Un túmulo servirá, para empezar"

"Een kruiwagen vol is voldoende, om mee te beginnen"

«¿Un túmulo lleno de qué?», pensó Alicia

"Een kruiwagen vol van wat?" dacht Alice

Pero no la mantuvieron en suspenso por mucho tiempo

Maar ze werd niet lang in spanning gehouden

Una lluvia de guijarros entró por la ventana

Een regen van kleine kiezelstenen kwam door het raam

Y algunas de las piedrecitas le golpearon en la cara

En sommige van de kleine kiezelstenen sloegen haar in het gezicht

Alicia se sorprendió por los guijarros

Alice was verbaasd over de kleine kiezelstenen

Todos los guijarros se estaban convirtiendo en pasteles

Alle kleine kiezelsteentjes veranderden in cakes

Y una idea brillante se le ocurrió

En er kwam een lumineus idee in haar hoofd

"Debería comerme uno de estos pasteles"

"Ik zou een van deze taarten moeten eten"

"El pastel seguramente hará algún cambio en mi tamaño"

"Cake zal zeker wat verandering in mijn maat teweegbrengen"

Así que se tragó uno de los pasteles

Dus slikte ze een van de cakes door

Y se alegró al descubrir que empezaba a encogerse

En ze was verheugd te ontdekken dat ze begon te krimpen
Pronto fue lo suficientemente pequeña como para pasar por la puerta
Al snel was ze klein genoeg om door de deur te komen
Salió corriendo de la casa
Ze rende het huis uit
Una multitud de animalitos y pájaros esperaban afuera
Een menigte kleine dieren en vogels wachtte buiten
todos los pajaritos y animales se abalanzaron sobre Alicia
alle vogeltjes en beestjes stormden op Alice af
Pero ella huyó lo más rápido que pudo
Maar ze rende zo snel als ze kon weg
Y pronto se encontró a salvo en un espeso bosque
En al snel bevond ze zich veilig in een dicht bos
Alicia vagaba por el bosque
Alice zwierf rond in het bos
Y pensó para sí misma:
En ze dacht bij zichzelf:
"Sé lo que tengo que hacer primero"
"Ik weet wat ik eerst moet doen"
"Primero tengo que volver a crecer hasta el tamaño adecuado"
"Eerst moet ik weer naar mijn juiste maat groeien"
"Y luego tengo que encontrar mi camino hacia ese hermoso jardín"
"en dan moet ik mijn weg vinden naar die heerlijke tuin"
"Supongo que debería comer o beber una cosa u otra"
"Ik veronderstel dat ik het een of ander moet eten of drinken"
"Pero la pregunta es ¿qué debo comer o beber?"
"Maar de vraag is: wat moet ik eten of drinken?"
Alicia miró a su alrededor las flores
Alice keek om zich heen naar de bloemen
Y miró a través de las briznas de hierba
En ze keek door de grassprieten
pero no podía ver nada de comer ni de beber
Maar ze kon niets zien om te eten of te drinken
Nada parecía ser lo adecuado para comer o beber

Niets leek op het juiste om te eten of te drinken
Había un gran hongo creciendo cerca de ella
Er groeide een grote paddenstoel bij haar in de buurt
el hongo tenía aproximadamente la misma altura que Alicia
de paddenstoel was ongeveer even hoog als Alice
Se estiró de puntillas
Ze rekte zich op haar tenen uit
Y se asomó por el borde del hongo
En ze gluurde over de rand van de paddenstoel
Sus ojos se encontraron inmediatamente con los ojos de una gran oruga azul
Haar ogen ontmoetten onmiddellijk de ogen van een grote blauwe rups
La oruga estaba sentada en la parte superior del hongo
De rups zat op de top van de paddenstoel
y la oruga se había cruzado de brazos
En de rups had al zijn armen over elkaar geslagen
Y estaba fumando tranquilamente una larga cachimba
En hij rookte stilletjes een lange waterpijp
y no hizo la menor atención a nada
En hij sloeg nergens de minste acht op
y ciertamente no le prestó atención a Alicia
en hij schonk zeker geen aandacht aan Alice

Consejos de una oruga
Advies van een rups

Por fin, la oruga se quitó la pipa de la boca
Eindelijk haalde de rups de waterpijp uit zijn bek
y se dirigió a Alicia con voz lánguida y soñolienta
en hij richtte zich tot Alice met een lome, slaperige stem
—¿Quién eres? —preguntó la oruga
"Wie ben jij?" zei de rups

Alicia respondió, con cierta timidez: "No lo sé, señor"
Alice antwoordde, nogal verlegen: "Ik weet het nauwelijks,
meneer"
"Justo en este momento está todo un poco..."
"Alleen op dit moment is het allemaal een beetje..."
"Sé quién era cuando me levanté esta mañana"
"Ik weet wie ik was toen ik vanmorgen opstond""
**"pero creo que debo haber cambiado varias veces desde
entonces"**
"Maar ik denk dat ik sindsdien meerdere keren veranderd
moet zijn"

—¿Qué quieres decir con eso? —dijo la oruga—
"Wat bedoel je daarmee?" zei de rups
Con severidad, la oruga le pidió que se explicara
Streng vroeg de rups haar om zich uit te leggen
—**Me temo que no puedo explicarme, señor** —dijo Alicia—
"Ik kan mezelf niet verklaren, vrees ik, meneer," zei Alice
"porque no soy yo mismo"
"omdat ik mezelf niet ben"
"Verás, tener tantos tamaños diferentes en un día es muy confuso"
"Zie je, zoveel verschillende maten op een dag is erg verwarrend"
Se incorporó y dijo muy gravemente:
Ze trok zich op en zei heel ernstig:
"Creo que primero deberías decirme quién eres"
"Ik denk dat je me eerst moet vertellen wie je bent"
"¿Por qué?", dijo la oruga
"Waarom?" zei de rups
Alicia no se le ocurría ninguna buena razón
Alice kon geen goede reden bedenken
Y la oruga parecía estar en un estado de ánimo muy desagradable
En de rups leek in een zeer onaangename gemoedstoestand te verkeren
Así que se dio la vuelta
Dus wendde ze zich af
"¡Vuelve!", la oruga la llamó
"Kom terug!" riep de rups haar na
"¡Tengo algo importante que decir!"
"Ik heb iets belangrijks te zeggen!"
Alicia se dio la vuelta y volvió otra vez
Alice draaide zich om en kwam weer terug
—**Mantén la calma** —dijo la oruga—
"Blijf geduld," zei de rups
-¿Eso es todo? -preguntó Alicia
"Is dat alles?" zei Alice
Y se tragó su rabia lo mejor que pudo

En ze slikte haar woede zo goed als ze kon
—No —dijo la oruga—
"Nee," zei de rups
La oruga desplegó sus brazos
De rups ontvouwde zijn armen
Y volvió a sacarse la pipa de la boca
En hij haalde de waterpijp weer uit zijn mond
y él dijo: "Así que Ud. piensa que Ud. ha cambiado, ¿verdad?"
en hij zei: "Dus je denkt dat je veranderd bent, nietwaar?"
—Me temo, he cambiado, señor —dijo Alicia—
"Ik ben bang, ik ben veranderd, meneer," zei Alice
"No puedo recordar las cosas como solía recordarlas"
"Ik kan me de dingen niet meer herinneren zoals ik ze me vroeger herinnerde"
"¡Y no me quedo del mismo tamaño por más de diez minutos!"
"en ik blijf niet langer dan tien minuten even groot!"
"¿Qué tamaño quieres tener?", preguntó la oruga
"Welke maat wil je hebben?" vroeg de rups
—Oh, no me importa especialmente el tamaño que tenga —respondió Alicia apresuradamente—
"Oh, het maakt me niet echt uit hoe groot ik ben," antwoordde Alice haastig
"Simplemente no me gusta cambiar de tamaño tan a menudo, ya sabes"
"Ik hou er gewoon niet van om zo vaak van maat te veranderen, weet je"
"Me gustaría ser un poco más grande, señor"
"Ik zou graag een beetje groter willen zijn, meneer"
—Si no te importa —añadió Alicia—
'Als je het niet erg vindt,' voegde Alice eraan toe
"Diez centímetros es una altura tan miserable para ser"
"Tien centimeter is zo'n ellendige hoogte om te zijn"
-¡Es una altura muy buena! -exclamó la oruga con rabia-
"Het is inderdaad een heel goede hoogte!" zei de rups boos
Y se irguió mientras hablaba

en hij richtte zich op terwijl hij sprak

Medía exactamente diez centímetros de alto

Hij was precies tien centimeter lang

En uno o dos minutos, la oruga bajó del hongo

Binnen een minuut of twee kwam de rups van de paddenstoel af

Y se arrastró por la hierba

En hij kroop weg in het gras

Al alejarse, hizo algunas pequeñas observaciones

Toen hij wegging, maakte hij enkele kleine opmerkingen

"Un lado te hará crecer más alto"

"Aan de ene kant word je groter"

"Y el otro lado te hará acortar"

"En de andere kant zal je korter laten groeien"

«¿Un lado de qué?», pensó Alicia para sí misma

"Eén kant van wat?" dacht Alice bij zichzelf

—¿El otro lado de qué?

"De andere kant van wat?"

—El costado del hongo —dijo la oruga—

"De zijkant van de paddenstoel," zei de rups

Era como si hubiera hecho su pregunta en voz alta

Het was alsof ze haar vraag hardop had gesteld

Y en otro momento, se perdió de vista

En in een ander moment was hij uit het zicht

Alicia se quedó mirando pensativa el hongo

Alice bleef peinzend naar de paddenstoel kijken

Estaba tratando de distinguir cuáles eran los dos lados del hongo

Ze probeerde erachter te komen welke de twee kanten van de paddenstoel waren

Por fin, estiró los brazos alrededor de la seta

Eindelijk strekte ze haar armen om de paddenstoel

Y rompió un poco los bordes

En ze brak een stukje van de randen af

"Y ahora, ¿qué lado es cuál?", se dijo a sí misma

"En nu, welke kant is wat?" zei ze tegen zichzelf

Y mordisqueó un poco de la parte de la mano derecha

En ze knabbelde een beetje van het rechterdeel
Al momento siguiente sintió un violento golpe debajo de la barbilla
Het volgende moment voelde ze een hevige klap onder haar kin
¡Su barbilla había golpeado su pie!
Haar kin had haar voet geraakt!
Estaba bastante asustada por este cambio tan repentino
Ze schrok behoorlijk van deze zeer plotselinge verandering
Se estaba encogiendo muy rápidamente
Ze kromp heel snel
Así que rápidamente se comió un poco del otro trozo de champiñón
Dus at ze snel wat van het andere stukje paddenstoel
Su barbilla estaba muy presionada contra su pie
Haar kin werd heel dicht tegen haar voet gedrukt
Apenas había espacio para abrir la boca
Er was nauwelijks ruimte om haar mond open te doen
Pero al fin logró abrir la boca
Maar het lukte haar eindelijk om haar mond open te doen
Y tragó un bocado del pedazo de la mano izquierda
En ze slikte een hap van het linker bit door
-¡Por fin me han liberado la cabeza! -exclamó Alicia-
"mijn hoofd is eindelijk vrij!" zei Alice
Se miró a sí misma
Ze keek naar zichzelf
Pero todo lo que podía ver era una inmensa longitud de cuello
Maar het enige wat ze kon zien was een immense lengte van de nek
Su cuello parecía elevarse como un tallo
Haar nek leek als een stengel omhoog te komen
Y miró hacia abajo sobre un mar de hojas verdes
En ze keek neer over een zee van groene bladeren
—¿A dónde han llegado mis hombros?
"Waar zijn mijn schouders gebleven?"
"Y oh, mis pobres manos, ¿cómo es que no puedo verte?"

"En o, mijn arme handen, hoe komt het dat ik je niet kan zien?"
Pero su cuello tenía un beneficio
Maar haar nek had wel één voordeel
Podía mover la cabeza en cualquier dirección
Ze kon haar hoofd in elke richting bewegen
De hecho, era como una serpiente
In feite was ze net een slang
Ella zigzagueó con gracia con la cabeza hacia abajo
Ze zigzagde gracieus met haar hoofd naar beneden
Y movió la cabeza entre los árboles
En ze bewoog haar hoofd door de bomen
Pero entonces oyó un silbido agudo
Maar toen hoorde ze een scherp gesis
Y rápidamente echó la cabeza hacia atrás
En ze trok snel haar hoofd terug
Una gran paloma había volado hacia su cara
Er was een grote duif in haar gezicht gevlogen
y la paloma se agitó violentamente con sus alas
en de duif was gewelddadig met zijn vleugels

-¡Serpiente! -exclamó la paloma-

"Slang!" riep de duif

-¡No soy una serpiente! -exclamó Alicia indignada-

"Ik ben geen slang!" zei Alice verontwaardigd

"¡Déjame en paz!"

"Laat me met rust!"

"He probado las raíces de los árboles"

"Ik heb de wortels van bomen geprobeerd"

—Y he probado setos —prosiguió la paloma—

"En ik heb heggen geprobeerd," ging de duif verder

—¡Pero esas serpientes! ¡No hay forma de complacerlos!"

"Maar die slangen! Er is geen sprake van het behagen van hen!"

Alicia estaba cada vez más desconcertada

Alice raakte steeds meer in verwarring

-Como si ya fuera bastante trabajo incubar los huevos -dijo la paloma-

"Alsof het nog niet lastig genoeg was om de eieren uit te broeden", zei de duif

—¡De noche y de día también tengo que estar atento a las serpientes!

"Bij nacht en dag moet ik ook uitkijken voor slangen!"

"Acababa de encontrar el árbol más alto del bosque"

"Ik had net de hoogste boom in het bos gevonden"

—¿Estaría libre de serpientes aquí?

"Ik zou hier toch zeker vrij zijn van slangen?"

"¡Y sale una serpiente del cielo!"

"En er komt een slang uit de hemel!"

-¡Pero yo no soy una serpiente, te lo aseguro! -dijo Alicia-

"Maar ik ben geen slang, dat zeg ik je!" zei Alice

"Soy un... Soy un... Soy una niña —añadió con cierta duda—

"Ik ben een... Ik ben een... Ik ben een klein meisje," voegde ze er nogal twijfelend aan toe

Después de todo, había estado pasando por muchos cambios

Ze had immers veel veranderingen doorgemaakt

—Estás buscando huevos —dijo la paloma—

"Je bent op zoek naar eieren," zei de duif

"Lo sé con certeza"
"Dat weet ik zeker"
—¿Y qué importa si eres una niña o una serpiente?
"En wat maakt het uit of je een klein meisje of een slang bent?"
—A mí me importa mucho —dijo Alicia apresuradamente—
'Het maakt me veel uit,' zei Alice haastig
"pero no estoy buscando huevos, como suele ser"
"Maar ik ben niet op zoek naar eieren, want het gebeurt"
"Y de todos modos no querría tus huevos"
"en ik zou je eieren toch niet willen"
"No me gustan los huevos crudos"
"Ik hou niet van mijn eieren rauw"
-¡Pues váyase! -dijo la paloma en tono malhumorado-
"Nou, wegwezen dan!" zei de duif op een norse toon
Y la paloma se instaló de nuevo en su nido
En de duif nestelde zich weer in zijn nest
Alicia se agachó entre los árboles lo mejor que pudo
Alice hurkte zo goed als ze kon neer tussen de bomen
Su cuello no dejaba de enredarse entre las ramas
Haar nek raakte steeds verstrikt tussen de takken
De vez en cuando tenía que detenerse y desenroscar el cuello
Af en toe moest ze stoppen en haar nek losdraaien
Al cabo de un rato se acordó de la seta
Na een tijdje herinnerde ze zich de paddenstoel
Todavía sostenía los trozos de hongo en sus manos
Ze had de stukjes paddenstoel nog steeds in haar handen
Y se puso a trabajar con mucho cuidado
En ze ging heel voorzichtig aan de slag
Primero mordisqueó una pieza
Eerst knabbelde ze aan een stuk
Y luego mordisqueó la otra pieza
En toen knabbelde ze aan het andere stuk
A veces crecía
Soms werd ze groter
y a veces se acortaba
En soms werd ze korter
pero finalmente alcanzó su altura habitual

Maar uiteindelijk bereikte ze haar gebruikelijke lengte
Hacía tiempo que no era de su estatura
Ze was al een tijdje niet meer zo lang als ze was
Así que todo se sintió extraño por un tiempo
Dus alles voelde een tijdje vreemd
"Lo siguiente que hay que hacer es entrar en ese hermoso jardín"
"Het volgende wat je moet doen is die prachtige tuin ingaan"
—¿Cómo se va a hacer eso, me pregunto?
"Hoe moet dat worden gedaan, vraag ik me af?"
Al decir esto, llegó a un lugar abierto
Terwijl ze dit zei, kwam ze op een open plek
Había una casita, un poco más de un metro de altura
Er was een klein huisje, iets hoger dan een meter
"Me pregunto quién vive en esta casita"
"Ik vraag me af wie er in dit huisje woont"
"Ciertamente no puedo entrar tan grande como soy"
"Ik kan er zeker niet zo groot in gaan als ik ben"
—¡Los asustaría terriblemente!
"Ik zou ze vreselijk bang maken!"
Así que volvió a mordisquear el pequeño champiñón
Dus knabbelde ze weer aan de kleine paddenstoel
Y pronto bajó treinta centímetros
En al snel bracht ze zichzelf dertig centimeter naar beneden

Un cerdo y un poco de pimienta
Een varken en wat peper
Durante uno o dos minutos se quedó mirando la casa
Een minuut of twee stond ze naar het huis te kijken
De repente, un lacayo salió corriendo del bosque
Plotseling kwam er een lakei uit het bos rennen
Vestía un uniforme especial
Hij droeg een speciaal livrei-uniform
A juzgar solo por su rostro, ella lo habría llamado pez
Alleen al aan zijn gezicht te zien, zou ze hem een vis hebben
genoemd
Y golpeó fuertemente la puerta con los nudillos
En hij klopte luid met zijn knokkels op de deur
La puerta fue abierta por otro lacayo
De deur werd geopend door een andere lakei
Este lacayo también llevaba una librea especial
Ook deze lakei droeg een speciale livrei
**Este lacayo tenía una cara redonda y ojos grandes como los
de una rana**
Deze lakei had een rond gezicht en grote ogen als een kikker

El lacayo, que parecía un pez, inició la ceremonia
De lakei die eruitzag als een vis leidde de ceremonie in
Sacó algo de debajo de su brazo
Hij haalde iets onder zijn arm vandaan

Y sacó de debajo del brazo un sobre
En hij haalde een envelop onder zijn arm vandaan
Y este sobre se lo entregó al otro lacayo
En deze envelop overhandigde hij aan de andere lakei
En tono ceremonioso le comunicó las órdenes
Op ceremoniële toon vertelde hij hem de orders
"Este mensaje es para la duquesa"
"Dit bericht is voor de hertogin"
"Una invitación de la reina a jugar al croquet"
"Een uitnodiging van de koningin om croquet te spelen"
El lacayo, que parecía una rana, repitió la orden
De lakei die op een kikker leek, herhaalde het bevel
"De la Reina"
"Van de koningin"
"Una invitación"
"Een uitnodiging"
"para la duquesa"
"voor de hertogin"
"Jugar al croquet"
"croquet spelen"
Entonces ambos se inclinaron profundamente
Toen bogen ze allebei diep
y los rizos de sus pelucas se enredaron
En de krullen in hun pruiken raakten in elkaar verstrengeld
Pronto el lacayo que parecía un pez se había ido
Al snel was de lakei die op een vis leek verdwenen
Pero el lacayo que parecía una rana todavía estaba allí
Maar de lakei die op een kikker leek, was er nog steeds
Estaba sentado en el suelo, cerca de la puerta
Hij zat op de grond bij de deur
Estaba mirando estúpidamente al cielo
Hij staarde stom naar de lucht
Alicia se acercó tímidamente a la puerta y llamó
Alice liep schuchter naar de deur en klopte aan
—Es inútil llamar a la puerta —dijo el lacayo—
"Het heeft geen zin om te kloppen", zei de lakei
"Y eso es por dos razones"

"En dat heeft twee redenen"
"Primero, porque estoy del mismo lado de la puerta que tú"
"Ten eerste omdat ik aan dezelfde kant van de deur sta als jij"
"En segundo lugar, porque están haciendo mucho ruido dentro"
"Ten tweede omdat ze binnen zoveel lawaai maken"
"Nadie podría escucharte"
"Niemand kan je horen"
Y, ciertamente, había un ruido extraordinario en su interior
En er was zeker een heel buitengewoon lawaai gaande binnenin
un aullido y estornudos constantes
een constant gehuil en niezen
y de vez en cuando se oye un gran estruendo
en zo nu en dan een geluid van geweldig geknal
como si un plato o una tetera se hubieran roto en pedazos
Alsof een schotel of ketel in stukken is gebroken
-¿Cómo voy a entrar? -preguntó Alicia
"Hoe moet ik binnenkomen?" vroeg Alice
—¿Deberías entrar? —dijo el lacayo—
"Moet je er überhaupt in?" zei de lakei
"Esa es la primera pregunta, ya sabes"
"Dat is de eerste vraag, weet je"
Alicia abrió la puerta y entró
Alice opende de deur en ging naar binnen
La puerta conducía directamente a una gran cocina
De deur leidde rechtstreeks naar een grote keuken
La cocina estaba llena de humo de un extremo a otro
De keuken stond van het ene uiteinde tot het andere vol rook
en medio de la cocina estaba la duquesa
in het midden van de keuken stond de hertogin
Estaba sentada en un taburete de tres patas
Ze zat op een krukje met drie poten
Y ella estaba amamantando a un bebé
En ze was een baby aan het voeden
El cocinero estaba inclinado sobre el fuego
De kok leunde over het vuur

Estaba removiendo un gran caldero
Hij was een grote ketel aan het roeren
y el caldero parecía estar lleno de sopa
En de ketel leek vol soep te zitten
"¡Ciertamente hay demasiada pimienta en esa sopa!" —se dijo Alicia
"Er zit zeker te veel peper in die soep!" Zei Alice tegen zichzelf
Lo dijo lo mejor que pudo, sin estornudar
Ze zei het zo goed als ze kon zonder te niezen
Incluso la duquesa estornudaba de vez en cuando
Zelfs de hertogin niesde af en toe
Pero las acciones del bebé fueron las más notables
Maar de acties van de baby waren het meest opmerkelijk
El bebé estornudaba y aullaba alternativamente
De baby niestte en huilde afwisselend
No hubo un momento de pausa entre aullidos y estornudos
Er was geen moment pauze tussen huilen en niezen
Había dos criaturas en la cocina que no estornudaban
Er waren twee wezens in de keuken die niet niezen
El cocinero estaba demasiado ocupado para estornudar
De kok had het te druk om te niezen
Y al gran gato no pareció importarle el pimiento
En de grote kat leek de peper niet erg te vinden
En cambio, el gran gato sonreía de oreja a oreja
In plaats daarvan grijnsde de grote kat van oor tot oor
-Por favor, ¿podría decírmelo -dijo Alicia, un poco tímidamente-
'Zou je het me alsjeblieft willen vertellen,' zei Alice een beetje verlegen
"¿Por qué tu gato sonríe así?"
"Waarom grijnst je kat zo?"
-Es un gato de Cheshire -dijo la duquesa-
"Het is een Cheshire-Cat," zei de hertogin
"Y por eso está sonriendo de oreja a oreja"
"En daarom grijnst hij van oor tot oor"
"No sabía que un gato de Cheshire siempre sonreía"
"Ik wist niet dat een Cheshire-Cat altijd grijnsde"

—De hecho, no sabía que los gatos podían sonreír —dijo Alicia—

"Ik wist eigenlijk niet dat katten konden grijnzen", zei Alice

-Hay muchas cosas que no sabes -dijo la duquesa-

"Er is veel dat je niet weet," zei de hertogin

"Hay muchas cosas que no sabes y eso es un hecho"

"Er is veel dat je niet weet en dat is een feit"

En ese momento, el cocinero retiró el caldero de sopa del fuego

Juist op dat moment haalde de kok de ketel soep van het vuur

Y en seguida se puso a tirar todo lo que estaba a su alcance

En meteen begon ze alles binnen haar bereik te gooien

arrojó todo lo que pudo a la duquesa y al bebé

ze gooide alles wat ze kon naar de hertogin en de baby

Primero arrojó los hierros de fuego

Eerst gooide ze de vuurijzers

Luego tiró un puñado de cacerolas

Toen gooide ze een handvol pannen

y finalmente tiró los platos y las fuentes

En uiteindelijk gooide ze de borden en borden

La duquesa no le hizo caso

De hertogin sloeg geen acht op haar

Incluso cuando fue golpeada por un plato, no se preocupó

Zelfs als ze door een plaat werd geraakt, maakte ze zich geen zorgen

El bebé ya estaba aullando tanto

De baby huilde al zo veel

Así que era imposible decir si los golpes lastimaban al bebé o no

Het was dus onmogelijk om te zeggen of de slagen de baby pijn deden of niet

—¡Oh, por favor, ten cuidado con lo que estás haciendo! —exclamó Alicia—

"Oh, let alsjeblieft op wat je doet!" riep Alice

Y saltaba de un lado a otro en una agonía de terror

En ze sprong op en neer in een doodsangst

la duquesa le ofreció a Alicia el bebé

de hertogin bood Alice de baby aan

"¡Aquí! ¡Puedes amamantar un poco al bebé, si quieres!"

"Hier! Je mag de baby een beetje voeden, als je wilt!"

Y le arrojó al bebé mientras hablaba

En ze gooide de baby naar haar terwijl ze sprak

"Tengo que ir a prepararme para jugar al croquet con la reina"

"Ik moet me klaarmaken om croquet te spelen met de koningin"

Y se apresuró a salir de la habitación

En ze haastte zich de kamer uit

Alicia atrapó al bebé con cierta dificultad

Alice ving de baby met enige moeite op

porque era una criatura de forma muy extraña

Omdat het een heel vreemd gevormd wezentje was

Y el bebé extendió los brazos y las piernas en todas direcciones

En de baby stak zijn armen en benen in alle richtingen uit

«Será mejor que me lleve a este niño conmigo», pensó Alicia

"Ik kan dit kind maar beter meenemen", dacht Alice

"Seguro que matarán a este bebé en uno o dos días"

"Ze zijn er zeker van dat ze deze baby binnen een dag of twee zullen doden"

—¿No sería un asesinato dejar atrás a este bebé?

"Zou het geen moord zijn om deze baby achter te laten?"

Dijo las últimas palabras en voz alta

Ze sprak de laatste woorden hardop uit

Y la cosita gruñó en respuesta

En het kleine ding gromde als antwoord

—Será mejor que no te conviertas en un cerdo, querida — dijo Alicia—

"Je kunt maar beter niet in een varken veranderen, mijn liefste," zei Alice

"o de lo contrario no tendré nada más que ver contigo"

"of anders wil ik niets meer met je te maken hebben"

Alicia empezaba a pensar para sí misma:

Alice begon net bij zichzelf te denken:

"Ahora, ¿qué voy a hacer con esta criatura cuando la lleve a casa?"

"Nu, wat moet ik met dit schepsel doen, als ik het thuis krijg?"

Pero entonces la pequeña criatura gruñó un poco violentamente

Maar toen gromde het beestje een beetje heftig

y Alicia lo miró a la cara con cierta alarma

en Alice keek verschrikt naar zijn gezicht

Esta vez no podía haber error al respecto

Deze keer kon er geen misverstand over bestaan

No era ni más ni menos que un cerdo

Het was niet meer of minder dan een varken

Así que dejó a la pequeña criatura en el suelo

Dus zette ze het kleine beestje neer

y la pequeña criatura se aleja trotando tranquilamente hacia el bosque

En het beestje draafde rustig het bos in

Alicia se sintió bastante aliviada al ver que la criatura se iba

Alice voelde zich behoorlijk opgelucht toen ze het wezen zag gaan

Alicia se sobresaltó un poco al ver al Gato de Cheshire

Alice schrok een beetje toen ze de Cheshire-Cat zag

Estaba sentado en la rama de un árbol a pocos metros de distancia

Het zat op een tak van een boom een paar meter verderop

El gato solo sonrió cuando la vio

De kat grijnsde alleen maar toen hij haar zag

—Gato de Cheshire —empezó Alicia, **bastante tímidamente**—

'Cheshire-kat,' begon Alice nogal verlegen

—¿Podría decirme, por favor, qué camino debo tomar desde aquí?

"Zou je me alsjeblieft willen vertellen welke kant ik vanaf hier op moet?"

—En esa dirección —dijo el gato—

"In die richting," zei de kat

Y agitó la pata derecha

En hij zwaaide met de rechterpoot in het rond
"En esa dirección vive un fabricante de sombreros"
"In die richting woont een hoedenmaker"
Y entonces el gato agitó su otra pata
En toen zwaaide de kat met zijn andere poot
"Y en esa dirección vive una liebre de marzo"
"En in die richting woont een marshaas"
"Visita a cualquiera de los que quieras; los dos están locos"
"Bezoek wat je wilt; ze zijn allebei gek"
—Pero yo no quiero andar entre locos —comentó Alicia—
'Maar ik wil niet onder gekke mensen gaan,' merkte Alice op
—Oh, no puedes evitarlo —dijo el Gato—
"Oh, daar kun je niets aan doen," zei de Kat
"Aquí estamos todos locos"
"We zijn hier allemaal gek"
"¿Vas a jugar al croquet con la reina hoy?"
"Speel je vandaag croquet met de koningin?"
—Me gustaría mucho —dijo Alicia—
"Dat zou ik heel graag willen", zei Alice
"pero todavía no me han invitado"
"Maar ik ben nog niet uitgenodigd"
—Allí me verás —dijo el Gato—
"Je zult me daar zien," zei de Kat
Y de un momento a otro el gato desapareció
En van het ene op het andere moment verdween de kat
pronto Alicia llegó a la vista de la casa de la liebre de marzo
al snel kreeg Alice het huis van de marshaas in het zicht
Era una casa muy grande
Dit was een zeer groot huis
así que Alicia no quiso acercarse a la casa
dus Alice wilde niet in de buurt van het huis komen
Primero tuvo que mordisquear un poco más del trozo de champiñón del lado izquierdo
Eerst moest ze nog wat van het linker stukje paddenstoel knabbelen

Una fiesta de té loca

Een waanzinnig theekransje

Delante de la casa había un árbol

Voor het huis stond een boom

y debajo del árbol había una mesa

En onder de boom stond een tafel

y la mesa estaba puesta con toda clase de cubiertos

En de tafel was gedekt met allerlei bestek

La Liebre de Marzo y el Sombrerero estaban sentados a la mesa

De Mars Haas en de Hoedenmaker zaten aan tafel

y juntos estaban tomando el té

En samen zaten ze thee te drinken

Un lirón estaba sentado entre ellos

Een slaapmuis zat tussen hen in

y el lirón se durmió profundamente

En de slaapmuis was diep in slaap

La mesa era de un tamaño extraordinario

De tafel was van buitengewone grootte

Pero la mayor parte de la mesa estaba desocupada

Maar het grootste deel van de tafel was onbezet

Se sentaron apiñados en una esquina de la mesa

Ze zaten dicht op elkaar in een hoek van de tafel

y, sin embargo, se excusaban cuando veían a Alicia

en toch verontschuldigden ze zich toen ze Alice zagen

"¡No hay espacio! ¡No hay lugar!", gritaron

"Geen ruimte! Geen plaats!" riepen ze uit

-¡Hay sitio de sobra! -exclamó Alicia indignada-

"Er is ruimte genoeg!" zei Alice verontwaardigd

En un extremo de la mesa había un gran sillón

Aan het ene uiteinde van de tafel stond een grote leunstoel

y Alicia se sentó en el sillón

en Alice ging in de leunstoel zitten

El sombrerero abrió mucho los ojos

De hoedenmaker sperde zijn ogen wijd open

No podía creer lo que estaba viendo

Hij kon niet geloven wat hij zag

Pero su mente tenía curiosidad por otras cosas
Maar zijn geest was nieuwsgierig naar andere dingen
—¿Por qué un cuervo es como un escritorio?
"Waarom is een raaf als een schrijftafel?"
Alicia estaba abierta al reto
Alice stond open voor de uitdaging
"Me alegro de que hayan empezado a hacer adivinanzas"
"Ik ben blij dat ze raadsels zijn gaan stellen"
—Creo que puedo adivinarlo —añadió en voz alta—
'Ik geloof dat ik dat wel kan raden,' voegde ze er hardop aan
toe
La liebre de marzo sintió curiosidad por Alicia
De marshaas werd nieuwsgierig naar Alice
"¿De verdad crees que puedes encontrar la respuesta?"
"Denk je echt dat je het antwoord kunt vinden?"
—Creo que puedo encontrar la respuesta —dijo Alicia—
"Ik denk dat ik het antwoord inderdaad kan vinden", zei Alice
**—Entonces deberías decir lo que quieres decir —prosiguió la
liebre de la marcha—**
"Dan moet je zeggen wat je bedoelt," ging de marshaas verder
**—Digo lo que quiero decir —respondió Alicia
apresuradamente—**
'Ik zeg wel wat ik bedoel,' antwoordde Alice haastig
"por lo menos quiero decir lo que digo"
"Ik meen tenminste wat ik zeg"
"Es lo mismo, ¿sabes?"
"Dat is hetzelfde, weet je"
El lirón también contribuyó a la conversación
Ook de Zevenslaper droeg bij aan het gesprek
Pero el lirón parecía estar hablando en sueños
Maar de slaapmuis leek in zijn slaap te praten
"Respiro cuando duermo"
"Ik adem als ik slaap"
"¡Duermo cuando respiro!"
"Ik slaap als ik adem!"
"Bien podría decirse que también son lo mismo"
"Je kunt net zo goed zeggen dat ze ook hetzelfde zijn"

-A ti te pasa lo mismo -dijo el sombrerero-
"Met jou is het net zo," zei de hoedenmaker
Y echó un poco de té en la nariz del lirón
En hij goot een beetje thee op de neus van de slaapmuis
El Lirón sacudió la cabeza con impaciencia
De Zevenslaper schudde ongeduldig zijn hoofd
Y volvió a hablar el Lirón, sin abrir los ojos
En weer sprak de slaapmuis, zonder zijn ogen te openen
"Por supuesto, por supuesto que es lo mismo"
"Natuurlijk, natuurlijk is het hetzelfde"
"eso es justo lo que iba a decir yo mismo"
"Dat is gewoon wat ik zelf wilde zeggen"

El sombrerero se volvió hacia Alicia y le hizo otra pregunta
De hoedenmaker wendde zich tot Alice en stelde nog een
vraag
—¿Ya has adivinado el enigma?
"Heb je het raadsel al geraden?"
—No, me rindo —concedió Alicia—
'Nee, ik geef het op,' gaf Alice toe
"¿Cuál es la respuesta?", quiso saber
"Wat is het antwoord?" wilde ze weten
—No tengo la menor idea —dijo el sombrerero—
"Ik heb geen flauw idee", zei de hoedenmaker
-Ni yo lo sé -dijo la liebre-
"Ik weet het ook niet," zei de marshaas
Alicia dio un suspiro de cansancio
Alice slaakte een vermoeide zucht
**"Hay mejores usos del tiempo que los enigmas sin
respuestas"**
"Er zijn betere toepassingen van tijd dan raadsels zonder
antwoorden"
**-¡Toma un poco más de té! -dijo la liebre a Alicia, muy
seriamente-**
"Neem nog wat thee," zei de marshaas heel serieus tegen Alice
Alicia se sintió bastante ofendida por la oferta
Alice was behoorlijk beledigd door het aanbod
—Todavía no he tomado el té —respondió Alicia—
"Ik heb nog geen thee gehad," antwoordde Alice
"por lo tanto, no puedo tomar más té"
"Daarom kan ik geen thee meer hebben"
**—Quieres decir que no puedes tomar menos té —dijo el
sombrerero—**
"Je bedoelt dat je niet minder thee kunt hebben", zei de
hoedenmaker
"Es muy fácil llevarse más que nada"
"Het is heel gemakkelijk om meer dan niets te nemen"
Al oír esto, Alicia se levantó y se marchó
Hierop stond Alice op en liep weg
El lirón se durmió al instante

De slaapmuis viel meteen in slaap

y ninguno de los otros hizo la menor atención de que ella se fuera

en geen van de anderen sloeg ook maar de minste aandacht aan haar gaan

aunque miró hacia atrás una o dos veces

hoewel ze een of twee keer omkeek

Intentaban meter el lirón en la tetera

Ze probeerden de slaapmuis in de theepot te doen

-De todos modos, ¡no volveré a ir allí! -dijo Alicia-

"Daar ga ik in ieder geval nooit meer heen!" zei Alice

Y ella caminó su camino a través del bosque

En ze liep haar weg door het bos

"Esa fue la fiesta del té más estúpida a la que he ido en mi vida"

"Dat was het stomste theekransje waar ik ooit ben geweest"

Justo cuando dijo esto, notó algo

Net toen ze dit zei, merkte ze iets op

Uno de los árboles tenía una puerta que daba directamente a él

Een van de bomen had een deur die er recht op uitliep

"¡Eso es muy interesante!", pensó

"Dat is heel interessant!" dacht ze

"Creo que es mejor que pase por la puerta"

"Ik denk dat ik net zo goed door de deur kan gaan"

Y entró por la puerta

En door de deur ging ze

Una vez más se encontró en el largo pasillo

Opnieuw bevond ze zich in de lange hal

De nuevo estaba cerca de la mesita de cristal

Weer stond ze dicht bij het glazen tafeltje

Ella tomó la pequeña llave de oro

Ze nam het gouden sleuteltje

Y abrió la puerta que daba al jardín

En ze ontgrendelde de deur die naar de tuin leidde

Luego se puso manos a la obra mordisqueando el hongo

Daarna ging ze aan de slag om aan de paddenstoel te

knabbelen
Había guardado un trozo de la seta en el bolsillo
Ze had een stukje van de paddenstoel in haar zak
Y, por último, medía alrededor de un metro de altura
En uiteindelijk was ze ongeveer een meter lang
Luego caminó por el pequeño pasillo
Toen liep ze door het gangetje
Y entonces finalmente se encontró en el hermoso jardín
En toen bevond ze zich eindelijk in de prachtige tuin
y ella estaba entre la flor brillante y las fuentes frescas
En zij was te midden van de heldere bloem en de koele
fonteinen

El campo de croquet de la reina

De croquetgrond van de koningin

Un gran rosal se alzaba cerca de la entrada del jardín

Een grote rozenboom stond bij de ingang van de tuin

Las rosas que crecían en el árbol eran blancas

De rozen die aan de boom groeiden waren wit

Pero había tres jardineros pintando la rosa

Maar er waren drie tuinmannen die de roos schilderden

Estaban ocupados pintando las rosas de rojo

Ze waren druk bezig de rozen rood te verven

y Alicia los miraba pintar las rosas de rojo

en Alice keek toe hoe ze de rozen rood verfden

y de repente sus ojos se posaron por casualidad en Alicia

en plotseling viel hun oog toevallig op Alice

Alicia habló un poco tímidamente

Alice sprak een beetje verlegen

—¿Podría decírmelo, por favor?

"Zou je het me alsjeblieft willen vertellen;"

"¿Por qué están pintando todas esas rosas?"

"Waarom schilderen jullie allemaal die rozen?"

Cinco y siete no dijeron nada, pero miraron a dos

Vijf en zeven zeiden niets, maar keken naar twee

Dos hablaron, en voz baja

Twee spraken, met een zachte stem

"Vaya, el hecho es que ya lo ve, señora"

"Wel, het is een feit, ziet u, mevrouw"

"Esto de aquí debería haber sido un rosal rojo"

"Dit hier had een rode rozenboom moeten zijn"

"Y pusimos un rosal blanco por error"

"En we hebben er per ongeluk een witte rozenboom in gezet"

"Como estarás de acuerdo, la Reina no debe enterarse"

"Zoals u het ermee eens bent, mag de koningin er niet achter komen"

"De lo contrario, nos cortarían la cabeza a todos"

"Anders zouden we allemaal onze hoofden afgehakt hebben"

"Así que ya ve, señora, estamos haciendo lo mejor que podemos"

"Zo ziet u maar, mevrouw, we doen ons best"
La Carta Cinco había estado mirando ansiosamente a través del jardín
Kaart vijf had angstig over de tuin gekeken
En ese momento, la carta cinco gritó: "¡La reina! ¡La reina!"
Op dat moment riep kaart vijf: "De koningin! De koningin!"
Y los tres jardineros se escabulleron al instante
En de drie tuinmannen haastten zich meteen weg
Y se arrojaron de bruces
en zij wierpen zich plat op hun gezicht
Se oyó el sonido de muchos pasos
Er was een geluid van vele voetstappen
Alicia miró a su alrededor, ansiosa por ver a la reina
Alice keek om zich heen, verlangend om de koningin te zien
Al comienzo de la procesión había diez soldados
Aan het begin van de stoet stonden tien soldaten
Sus manos y pies estaban en las esquinas
Hun handen en voeten stonden in de hoeken
y en sus manos y pies había garrotes
en in hun handen en voeten waren knuppels
Luego vinieron los diez cortesanos
Vervolgens kwamen de tien hovelingen
Los cortesanos estaban adornados con diamantes
De hovelingen waren overal versierd met diamanten
Después de los cortesanos venían los hijos reales
Na de hovelingen kwamen de koninklijke kinderen
Eran diez los hijos de la realeza
Er waren tien van de koninklijke kinderen
y todos los niños reales estaban adornados con corazones
en alle koninklijke kinderen waren met harten getooid
Luego vinieron los invitados; en su mayoría reyes y reinas
Vervolgens kwamen de gasten; meestal koningen en koninginnen
y entre los reyes y la reina, Alicia vio a alguien
en onder de koningen en koningin Alice zag iemand
Volvió a ver al conejo blanco que había perseguido
Ze zag weer het witte konijn dat ze had achtervolgd

La procesión fue seguida por la sota de los corazones
De stoet werd gevolgd door de hartenknecht
Llevaba la corona del rey
Hij droeg de kroon van de koning
y la corona del rey estaba sobre un cojín de terciopelo carmesí
en de kroon van de koning lag op een karmozijnrood fluwelen kussen
Y entonces llegó el final de esta gran procesión
En toen kwam het einde van deze grootse processie
Y allí, al final, estaban el Rey y la Reina de Corazones
En daar aan het einde waren de Hartenkoning en de Hartenkoningin
la procesión venía frente a Alicia
de stoet kwam tegenover Alice
Y todos se detuvieron y la miraron
En ze stopten allemaal en keken naar haar
Y la reina dijo severamente: "¿Quién es éste?"
en de koningin zei streng: "Wie is dit?"
Se lo dijo a la Sota de Corazones
Ze zei het tegen de Hartenboer
Pero él se limitó a hacer una reverencia y a sonreír en respuesta
Maar hij boog alleen maar en glimlachte als antwoord
Alicia habló muy cortésmente
Alice sprak heel beleefd
"Mi nombre es Alicia, así que por favor, su majestad"
"Mijn naam is Alice, dus alstublieft uwe majesteit"
Pero ella tenía otros pensamientos para sí misma
Maar ze had andere gedachten voor zichzelf
"¡Después de todo, son solo un mazo de cartas!"
"Het is tenslotte maar een pak kaarten!"
"¿Sabes jugar al croquet?", gritó la reina
"Kun je croquet spelen?" riep de koningin
Era evidente que la pregunta iba dirigida a Alicia
De vraag was duidelijk voor Alice bedoeld
-¡Sí! -dijo Alicia en voz alta-

"Ja!" zei Alice luid

—¡Ven a jugar! —rugió la reina—

"Kom dan spelen!" brulde de koningin

una voz tímida le habló a Alicia

een verlegen stem sprak tot Alice

"¡Es un día muy hermoso!"

"Het is een hele fijne dag!"

Caminaba junto al conejo blanco

Ze liep langs het witte konijn

y el Conejo Blanco la miraba ansiosamente a la cara

en het Witte Konijn gluurde angstig in haar gezicht

—**Un día muy bueno** —confirmó Alicia—

"Inderdaad een heel mooie dag," bevestigde Alice

—**¿Dónde está la duquesa?**

"Waar is de hertogin?"

"¡Silencio! ¡Silencio!", dijo el Conejo

"Stil! Stil!" zei het Konijn

"Está condenada a muerte"

"Ze is veroordeeld tot executie"

—**¿Por qué la ejecutan?** —preguntó Alicia

"Waarom wordt ze geëxecuteerd?" vroeg Alice

—**Le ha rayado las orejas a la reina** —empezó a decir el conejo—

'Ze heeft de oren van de koningin geschaafd,' begon het konijn

—**gritó la Reina con voz de trueno**—

schreeuwde de koningin met een stem van de donder

"¡Vayan a sus lugares!"

"Ga naar je plaatsen!"

Y la gente empezó a correr en todas direcciones

En de mensen begonnen in alle richtingen rond te rennen

y todos tropezaron unos con otros

En ze tuimelden allemaal tegen elkaar aan

Sin embargo, se calmaron en uno o dos minutos

Ze waren echter binnen een minuut of twee tot rust gekomen

Y entonces comenzó el juego

En toen begon het spel

Alicia nunca había visto un campo de croquet tan curioso

Alice had nog nooit zo'n merkwaardig croquetveld gezien
La hierba era todo crestas y surcos
Het gras was een en al richels en voren
Las bolas de croquet eran erizos de verdad
De croquetballen waren echte egels
y los mazos eran flamencos de verdad
En de hamers waren echte flamingo's
Y los soldados se pusieron de pie sobre sus manos y sus pies
En de soldaten stonden op handen en voeten
porque los arcos estaban hechos de sus cuerpos
Omdat de bogen van hun lichamen zijn gemaakt
Todos los jugadores jugaron a la vez
De spelers speelden allemaal tegelijk
Nadie esperó su turno
Niemand wachtte op zijn beurt
y todos se peleaban con todos
En iedereen maakte ruzie met iedereen
y todos luchaban por los erizos
En ze vochten allemaal voor de egels
Pronto la reina se vio presa de una furiosa pasión
Al snel was de koningin in een woedende woede
Y empezó a patalear y a gritar
En ze begon te stampen en te schreeuwen
"¡Córtale la cabeza!"
"Hak zijn hoofd af!"
"¡Córtale la cabeza!"
"Hak haar hoofd af!"
"¡Córtale la cabeza a todos!"
"Hak al hun hoofden eraf!"
De nuevo Alicia pensó para sí misma
Weer dacht Alice bij zichzelf
"Son terriblemente aficionados a decapitar a la gente aquí"
"Ze zijn hier vreselijk dol op het onthoofden van mensen"
"¡La gran maravilla es que quede alguien vivo!"
"Het grote wonder is dat er nog iemand in leven is!"
Buscaba alguna vía de escape
Ze zocht naar een manier om te ontsnappen

Notó una curiosa apariencia en el aire
Ze zag een merkwaardige verschijning in de lucht
«Es el gato de Cheshire», se dijo a sí misma
'Het is de Cheshire-kat,' zei ze tegen zichzelf
"Ahora tendré a alguien con quien hablar"
"Nu zal ik iemand hebben om mee te praten"
—¿Cómo te va? —preguntó el gato
"Hoe gaat het met je?" zei de kat
—No creo que jueguen nada limpio —dijo Alicia—
'Ik denk niet dat ze eerlijk spelen,' zei Alice
Y tenía un tono bastante quejumbroso
En ze had een nogal klagende toon
"Todos se pelean tan terriblemente"
"Ze maken allemaal zo'n vreselijke ruzie"
"Uno no se oye hablar"
"Je kunt jezelf niet horen praten"
"Y no parecen jugar con ninguna regla"
"En ze lijken zich aan geen enkele regel te houden"
el gato le hizo una pregunta a Alicia en voz baja
de kat stelde Alice een vraag met zachte stem
—¿Qué te parece la reina?
"Wat vind je van de koningin?"
—No me gusta nada —dijo Alicia—
"Ik vind haar helemaal niet leuk", zei Alice

Alicia pensó que sería mejor que volviera
Alice dacht dat ze net zo goed terug kon gaan
Quería ver cómo iba el partido
Ze wilde zien hoe de wedstrijd verliep
Se fue en busca de su erizo
Ze ging op zoek naar haar egel
El erizo estaba ocupado luchando contra otro erizo
De egel was druk bezig met het bestrijden van een andere egel
Esta fue una excelente oportunidad
Dit was een uitgelezen kans
Podía hacer croquet a un erizo con el otro
Ze kon de ene egel met de andere croqueten
Pero su flamenco estaba al otro lado del jardín
Maar haar flamingo stond aan de andere kant van de tuin
El flamenco era bastante torpe
De flamingo was nogal onhandig
Su flamenco intentaba volar hacia un árbol
Haar flamingo probeerde tegen een boom aan te vliegen
Atrapó al flamenco por la pierna
Ze greep de flamingo bij de poot
Y guardó el flamenco bajo el brazo
En ze stopte de flamingo weg onder haar arm
De esa manera, el flamenco no pudo escapar de nuevo
Op die manier kon de flamingo niet meer ontsnappen
Justo en ese momento Alicia se encontró con la duquesa
Net op dat moment ontmoette Alice toevallig de hertogin
La duquesa ya había salido de la cárcel
De hertogin was nu uit de gevangenis
Metió cariñosamente su brazo bajo el brazo de Alicia
Ze stak haar arm liefdevol onder Alice's arm
Y luego se fueron juntos
En toen liepen ze samen weg
Alicia se alegró mucho de encontrarla de tan buen humor
Alice was erg blij haar in zo'n aangenaam humeur te vinden
Sin embargo, estaba un poco asustada
Ze schrok echter een beetje
Oyó la voz de la duquesa cerca de su oído

Ze hoorde de stem van de hertogin dicht bij haar oor
"Estás pensando en algo, querida"
"Je denkt ergens aan, mijn liefste"
"Y eso hace que te olvides de hablar"
"En daardoor vergeet je te praten"
—El juego va bastante mejor ahora —dijo Alicia—
'Het spel gaat nu een stuk beter,' zei Alice
Era una forma de mantener la conversación
Het was een manier om het gesprek gaande te houden
-Así es -dijo la duquesa-
"Dat is inderdaad zo," zei de hertogin
"Y la moraleja de eso es esta:"
"En de moraal daarvan is deze:"
"¡Es el amor el que lo hace todo!"
"Het is de liefde die alles doet!"
"El amor es lo que hace que el mundo gire"
"Liefde is wat de wereld doet draaien"
Alicia tenía otra explicación
Alice had een andere verklaring
**"¡Lo hace todo el mundo ocupándose de sus propios
asuntos!"**
"Het wordt gedaan door iedereen die zich met zijn eigen
zaken bemoeit!"
—¡Ah, bueno! Podrías tener razón"
"Ach ja! Je zou gelijk kunnen hebben"
-Todo significa lo mismo -dijo la duquesa-
"Het betekent allemaal ongeveer hetzelfde," zei de hertogin
y hundió su afilada barbilla en el hombro de Alicia
en ze groef haar scherpe kinnetje in Alice's schouder
"Y la moraleja de eso es esta"
"En de moraal daarvan is deze"
"Cuida el sentido"
"Zorg voor de zintuigen"
"Y entonces los sonidos se encargarán de sí mismos"
"En dan zorgen de geluiden voor zichzelf"
Pero entonces el brazo de la duquesa empezó a temblar
Maar toen begon de arm van de hertogin te trillen

Alicia alzó la vista y allí estaba la reina
Alice keek op en daar stond de koningin
La reina tenía los brazos cruzados
De koningin had haar armen over elkaar
¡Y ella fruncía el ceño como una tormenta eléctrica!
En ze fronste haar wenkbrauwen als een onweersbui!
—Te advierto —gritó la reina—
"Ik geef je een eerlijke waarschuwing", schreeuwde de
koningin
Y pisoteó el suelo mientras hablaba
En ze stampte op de grond terwijl ze sprak
"O tu cabeza o la suya deben estar cortadas"
"Of je hoofd of haar hoofd moet eraf zijn"
"¡Toma tu decisión!"
"Maak je keuze!"
"Y ser rápido al respecto"
"En wees er snel bij"
La duquesa hizo su elección
De hertogin maakte haar keuze
Y al cabo de un instante la duquesa se fue
En binnen een ogenblik was de hertogin verdwenen
Entonces la reina le habló a Alicia
Toen sprak de koningin tot Alice
"Sigamos con el juego"
"Laten we doorgaan met het spel"
Alicia estaba demasiado asustada para decir una palabra
Alice was te bang om een woord te zeggen
Y la siguió lentamente hasta el campo de croquet
En ze volgde haar langzaam terug naar het croquetveld
Todo el tiempo la Reina se peleó con los otros jugadores
De hele tijd maakte de koningin ruzie met de andere spelers
"¡Córtale la cabeza!"
"Hak zijn hoofd af!"
"¡Córtale la cabeza!"
"Hak haar hoofd af!"
"¡Córtale la cabeza a todos!"
"Hak al hun hoofden eraf!"

Pronto todos los jugadores estaban bajo custodia
Al snel zaten alle spelers in hechtenis
solo quedaron el rey, la reina y Alicia
alleen de koning, de koningin en Alice bleven over
Entonces la reina se marchó, casi sin aliento
Toen ging de koningin weg, helemaal buiten adem
y se fue con Alicia
en ze liep weg met Alice
Alicia oyó que el rey decía algo en voz baja
Alice hoorde de koning zachtjes iets zeggen
"Estáis todos perdonados"
"Jullie zijn allemaal vergeven"
Pero de repente se oyó otro grito
Maar opeens was er weer een kreet te horen
"¡El juicio está comenzando!"
"Het proces begint!"
y Alicia corrió con los demás
en Alice rende mee met de anderen

¿Quién robó las tartas?

Wie heeft de taarten gestolen?

El rey y la reina de corazones estaban sentados

De koning en de hartenkoningin zaten

estaban en su trono cuando llegó Alicia

ze zaten op hun troon toen Alice arriveerde

Había una gran multitud reunida a su alrededor

Er had zich een grote menigte om hen heen verzameld

Había todo tipo de pajaritos y bestias

Er waren allerlei kleine vogels en beesten

Y allí estaba toda la baraja de cartas

En daar was het hele pak kaarten

La sota estaba de pie frente a ellos, encadenada

De knecht stond voor hen, geketend

y había un soldado a cada lado para custodiarlo

En er was een soldaat aan elke kant om hem te bewaken

cerca del Rey estaba el conejo blanco

bij de koning was het witte konijn

Tenía una trompeta en una mano

Hij had een trompet in de ene hand

y tenía un rollo de pergamino en la otra mano

En hij had een rol perkament in de andere hand

En el centro del patio había una mesa

In het midden van de binnenplaats stond een tafel

Sobre la mesa había un gran plato de tartas

Op tafel stond een grote schaal met taarten

«Ojalá hicieran el juicio», pensó Alicia

'Ik wou dat ze de proef voor elkaar kregen,' dacht Alice

—¡Entonces podríamos comer algunos de esos refrescos!

"Dan kunnen we wat van die versnaperingen eten!"

El juez, por cierto, era el rey
De rechter was trouwens de koning
y llevaba su corona sobre su gran peluca
En hij droeg zijn kroon over zijn grote pruik
«Ésa es la tribuna del jurado», pensó Alicia
"Dat is de jurybox", dacht Alice
"Y esas doce criaturas, supongo que son los miembros del jurado"
"en die twaalf wezens, ik veronderstel dat zij de juryleden zijn"
algunos eran animales y otros eran pájaros
sommige waren dieren en sommige waren vogels
En ese momento el conejo blanco gritó
Op dat moment schreeuwde het witte konijn het uit
"¡Silencio en la corte!"
"Stilte in de rechtbank!"
"¡Heraldo, lee la acusación!", dijo el rey
"Heraut, lees de aanklacht!" zei de koning
El Conejo Blanco tocó tres veces la trompeta

Het witte konijn blies drie slagen op de trompet
Luego desenrolló el rollo de pergamino
Toen rolde hij de perkamenten rol uit
Y leyó lo siguiente:
En hij las als volgt:
"La reina de corazones, hizo unas tartas"
"De hartenkoningin, ze heeft wat taarten gemaakt,"
"Todo esto lo hizo en un día de verano"
"Dit alles deed ze op een zomerse dag"
"La sota de los corazones, robó esas tartas"
"De hartenknaap, hij heeft die taarten gestolen"
—¡Y se llevó esas tartas muy lejos!
"En hij nam die taarten ver weg!"
—Llama al primer testigo —dijo el rey—
"Roep de eerste getuige", zei de koning
y el conejo blanco tocó tres veces la trompeta
En het witte konijn blies drie slagen op de trompet
"¡Traigan al primer testigo!", gritó
"Breng de eerste getuige mee!" riep hij
El primer testigo fue el sombrerero
De eerste getuige was de hoedenmaker
Entró con una taza de té en una mano
Hij kwam binnen met een theekopje in de ene hand
Y tenía un pedazo de pan con mantequilla en la otra mano
En hij had een stuk brood en boter in de andere hand
—Tendrías que haber terminado —dijo el rey—
"Je had moeten eindigen," zei de koning
—¿Cuándo empezaste?
"Wanneer ben je begonnen?"
El sombrerero miró a la liebre de marcha
De hoedenmaker keek naar de marshaas
La Liebre de Marzo lo había seguido hasta el patio
De marshaas was hem gevolgd naar het hof
Había caminado del brazo del lirón
Hij was arm in arm met de slaapmuis gelopen
—El catorce de marzo, creo que fue —dijo—
"Veertien maart, ik denk dat het was," zei hij

—Da tu testimonio —dijo el rey—

"Geef uw getuigenis", zei de koning

"Y no te pongas nervioso, o te haré ejecutar en el acto"

"en wees niet nerveus, anders laat ik je ter plekke executeren"

Esto no pareció animar en absoluto al testigo

Dit leek de getuige in het geheel niet aan te moedigen

Seguía moviéndose de un pie al otro

Hij schoof steeds van de ene voet op de andere

Y miró inquieto a la reina

En hij keek ongemakkelijk naar de koningin

Y, en su confusión, mordió un gran trozo de su taza de té

En in zijn verwarring beet hij een groot stuk uit zijn theekopje

En realidad, tenía la intención de morder de su pan y mantequilla

Eigenlijk was het zijn bedoeling om van zijn brood en boter te bijten

Justo en ese momento, Alicia sintió una sensación muy curiosa

Juist op dat moment voelde Alice een heel merkwaardig gevoel

Empezaba a crecer de nuevo

Ze begon weer groter te worden

Al miserable sombrerero se le cayó la taza de té

De ellendige hoedenmaker liet zijn theekopje vallen

y el pan y la mantequilla cayeron al suelo

en het brood en de boter vielen op de grond

Y cayó sobre una rodilla

En hij ging op één knie zitten

—**Soy un pobre hombre, majestad** —comenzó—

'Ik ben een arme man, majesteit,' begon hij

—**Eres un orador muy malo** —dijo el rey—

"Je bent een heel slechte spreker", zei de koning

—**Puedes irte** —dijo el rey—

"Je mag gaan," zei de koning

Y el sombrerero abandonó apresuradamente el patio

En de hoedenmaker verliet haastig het hof

—**¡Llama al próximo testigo!** —dijo el rey—

"Roep de volgende getuige!" zei de koning

El siguiente testigo fue el cocinero de la duquesa

De volgende getuige was de kokkin van de hertogin

Llevaba la caja de pimienta en la mano

Ze droeg de peperdoos in haar hand

Y la gente que estaba cerca de la puerta empezó a estornudar de repente

En de mensen bij de deur begonnen ineens te niezen

—Da tu testimonio —dijo el rey—

"Geef uw getuigenis", zei de koning

-No daré ninguna prueba -dijo el cocinero-

"Ik zal geen getuigenis afleggen," zei de kok

El rey miró ansiosamente al conejo blanco

De koning keek angstig naar het witte konijn

Y el conejo blanco habló en voz baja

En het witte konijn sprak met een zachte stem

"Su Majestad debe interrogar a este testigo"

"Uwe Majesteit moet deze getuige aan een kruisverhoor onderwerpen"

"Bueno, si debo, debo", dijo el rey

"Nou, als het moet, moet het wel", zei de koning

"¿De qué están hechas las tartas?"

"Waar zijn taarten van gemaakt?"

—Las tartas están hechas de pimienta, en su mayoría —dijo el cocinero—

"Taarten zijn meestal gemaakt van peper", zei de kok

Durante algunos minutos, toda la corte estuvo en confusión

Minutenlang was de hele rechtbank in verwarring

Con el tiempo, todos se calmaron de nuevo

Uiteindelijk kwamen ze allemaal weer tot rust

Pero para entonces el cocinero había desaparecido

Maar toen was de kok al verdwenen

"¡No importa!", dijo el rey

"Laat maar!" zei de koning

"Llamar al estrado al próximo testigo"

"Roep de volgende getuige naar de tribune"

Alicia observó al conejo blanco mientras él repasaba a

tientas la lista
Alice keek naar het witte konijn terwijl hij aan de lijst
rommelde
Puedes imaginar su sorpresa por lo que escuchó a
continuación
Je kunt je voorstellen hoe verrast ze was over wat ze
vervolgens hoorde
con su vocecita estridente, llamó el nombre de «¡Alicia!»
uit volle borst riep hij de naam "Alice!"

La evidencia de Alicia
Alice's bewijs

-¡Aquí! -exclamó Alicia-

"Hier!" riep Alice

Se levantó de un salto a toda prisa

Ze sprong met grote haast op

Y volcó el estrado del jurado

En ze kantelde de jurybox om

y derribó a todos los miembros del jurado

En ze gooide alle juryleden omver

y cayeron sobre las cabezas de la muchedumbre de abajo

en zij vielen op de hoofden van de menigte beneden

Alicia estaba muy consternada

Alice was in grote ontzetting

"¡Oh, le ruego que me perdone!", exclamó

"O, neem me niet kwalijk!" riep ze uit

—El juicio no puede continuar —dijo el rey—

"Het proces kan niet doorgaan", zei de koning

"Los miembros del jurado deben volver a ocupar su lugar"

"De juryleden moeten weer op hun juiste plaats gaan zitten"

Repitió la orden con gran énfasis

Hij herhaalde het bevel met grote nadruk

y miró a Alicia con severidad

en hij keek Alice streng aan

—¿Qué sabe usted de estos acontecimientos? —preguntó el rey a Alicia

"Wat weet je over deze gebeurtenissen?" vroeg de koning aan Alice

—No sé nada sobre el tema —dijo Alicia—

"Ik weet niets over het onderwerp," zei Alice

Entonces el rey leyó de su libro

De koning las toen voor uit zijn boek

"Regla cuarenta y dos"

"Regel tweeënveertig"

"Todas las personas que tengan más de una milla de altura deben abandonar el tribunal"

"Alle personen die meer dan een mijl hoog zijn, moeten het

hof verlaten"
—No mido ni una milla de altura —dijo Alicia—
"Ik ben geen mijl hoog", zei Alice
—Casi dos millas de altura —dijo la Reina—
"Bijna twee mijl hoog," zei de koningin

—Bueno, me niego a ir —dijo Alicia—
"Nou, ik weiger te gaan", zei Alice
El rey palideció
De koning werd bleek
Y cerró apresuradamente su cuaderno de notas
En hij sloeg haastig zijn notitieboekje dicht
"Consideren su veredicto", le dijo al jurado
"Denk na over uw oordeel", zei hij tegen de jury
Habló en voz baja y temblorosa
Hij sprak met een lage, bevende stem
Entonces habló el conejo blanco
Toen sprak het witte konijn
"Todavía hay más pruebas por venir"
"Er komt nog meer bewijs"
Y se levantó de un salto a toda prisa
En hij sprong met grote haast op
"Este papel acaba de ser recogido"

"Dit papier is net opgehaald"
"Parece ser una carta escrita por el prisionero"
"Het lijkt een brief te zijn die door de gevangene is
geschreven"
Desdobló el papel mientras hablaba
Hij vouwde het papier open terwijl hij sprak
"Al fin y al cabo, no es una carta"
"Het is toch geen brief"
"Lo que era era un conjunto de versos"
"Wat het was, was een reeks verzen"
—Por favor, majestad —dijo el bribón—
"Alstublieft, majesteit," zei de knaap
"Yo no escribí esos versos"
"Ik heb die verzen niet geschreven"
"y no pueden probar que yo escribí nada"
"En ze kunnen niet bewijzen dat ik iets heb geschreven"
"No hay ningún nombre firmado al final"
"Er is geen naam ondertekend aan het einde"
El rey le habló a la sota
De koning sprak tot de knecht
"Debes haber tenido la intención de causar algún daño"
"Het moet je bedoeling zijn geweest om wat onheil te stichten"
**"De lo contrario, habrías firmado con tu nombre como un
hombre honrado"**
"Anders had je je naam getekend als een eerlijk man"
Hubo un aplauso general
Er werd algemeen in de handen geklapt
Y el rey se volvió hacia el conejo blanco
En de koning wendde zich tot het witte konijn
—Lee los versos —ordenó—
'Lees de verzen', beval hij
Hubo un silencio sepulcral en la corte
Er heerste een doodse stilte in de rechtszaal
Y el conejo blanco leyó los versos
En het witte konijn las de verzen voor
Me dijeron que habías estado con ella
Ze vertelden me dat je bij haar was geweest

Y me mencionaron a él
En ze noemden me bij hem
Ella me dio un buen carácter
Ze gaf me een goed karakter
Pero ella dijo que yo no sabía nadar
Maar ze zei dat ik niet kon zwemmen
Les mandó decir que yo no había ido
Hij stuurde hun het bericht dat ik niet was gegaan
Sabemos que es verdad
We weten dat het waar is
Si ella insistiera en el asunto, ¿qué sería de ti?
Als ze de zaak zou doorzetten, wat zou er dan van je worden?
Yo le di uno, ellos le dieron dos
Ik gaf haar er een, zij gaven hem er twee
Nos diste tres o más
Je gaf ons er drie of meer
Todos volvieron de él a ti
Ze zijn allemaal van hem naar jou teruggekeerd
aunque antes eran míos
hoewel ze eerder van mij waren
Si yo o ella tuviéramos la oportunidad de serlo
Als ik of zij toevallig zou zijn
Si yo o ella estuviéramos involucrados en este asunto
Als ik of zij betrokken was bij deze affaire
Él confía en ti para liberarlos
Hij vertrouwt op jou om hen te bevrijden
Exactamente como estábamos
Precies zoals we waren
Mi idea era que tú habías sido
Mijn idee was dat je was geweest
Antes de que ella tuviera este ataque
Voordat ze deze aanval had
Un obstáculo que se interpuso entre
Een obstakel dat tussen
A Él, y a nosotros mismos, y a
Hij, en onszelf, en het
No le dejes saber que a ella le gustaban más

Laat hem niet weten dat ze ze het leukst vond

Porque esto debe ser para siempre un secreto, guardado de todos los demás

Want dit moet voor altijd een geheim zijn, verborgen voor alle anderen

Este secreto debe seguir siendo un secreto entre tú y yo

Dit geheim moet een geheim blijven tussen jou en mij

El rey quedó muy impresionado

De koning was erg onder de indruk

"Esa es la prueba más importante que hemos escuchado hasta ahora"

"Dat is het belangrijkste bewijs dat we tot nu toe hebben gehoord"

—No creo que esos versos tengan un átomo de significado — objetó Alicia—

'Ik geloof niet dat die verzen ook maar een greintje betekenis hebben,' wierp Alice tegen

el rey tenía su propia opinión al respecto

de koning had er zo zijn eigen mening over

"Si no hay significado en esas palabras, eso salva un mundo de problemas"

"Als er geen betekenis in die woorden zit, scheelt dat een wereld van ellende"

"Entonces no necesitamos tratar de encontrar el significado"

"Dan hoeven we niet te zoeken naar de betekenis"

"Que el jurado considere su veredicto"

"Laat de jury zich beraden op hun oordeel"

-¡No, no! -dijo la reina-

"Nee, nee!" zei de koningin

"Primero la sentencia y después el veredicto"

"Eerst veroordeling, dan vonnis"

-¡Tonterías y tonterías! -exclamó Alicia en voz alta-

"Onzin en onzin!" zei Alice luid

"¡Qué tontería es sentenciar al acusado primero!"

"Hoe dom is het om de beklaagde eerst te veroordelen!"

—¡Cállate la lengua! —dijo la reina, poniéndose morada—

"Hou je mond!" zei de koningin, terwijl ze paars werd

-¡No me callaré! -exclamó Alicia-

"Ik zal mijn mond niet houden!" zei Alice

—gritó la Reina a voz en cuello—

De koningin schreeuwde uit volle borst

"¡Córtale la cabeza!"

"Hak haar hoofd eraf!"

Nadie hizo un movimiento

Niemand maakte een beweging

-¿A quién le importa lo que digas? -dijo Alicia-

"Wat maakt het uit wat je zegt?" zei Alice

Para entonces ya había crecido hasta alcanzar su tamaño completo

Tegen die tijd was ze tot haar volle grootte gegroeid

"¡No eres más que un mazo de cartas!"

"Je bent niets anders dan een pak kaarten!"

Al oír esto, todas las cartas se alzaron en el aire

Hierop stegen alle kaarten in de lucht

Y todas las cartas cayeron volando sobre ella

En alle kaarten vlogen op haar neer
Ella dio un pequeño grito
Ze gaf een klein gilletje
Estaba medio asustada, pero también enojada
Ze was half bang, maar ook boos
Y trató de quitarse las cartas de encima
En ze probeerde de kaarten van zichzelf af te vechten
Y entonces se encontró tendida en el banco de hierba
En toen lag ze op de grasbank
Su cabeza estaba en el regazo de su hermana
Haar hoofd lag in de schoot van haar zus
Algunas hojas muertas habían caído en su cara
Er waren wat dode bladeren op haar gezicht geland
Y su hermana estaba cepillando suavemente las hojas
En haar zus veegde voorzichtig de bladeren weg
-¡Despierta, querida Alicia! -dijo su hermana-
"Wakker worden, Alice!" zei haar zus
—¡Qué sueño tan largo has tenido!
"Wat heb je lang geslapen!"
-¡Oh, he tenido un sueño tan curioso! -exclamó Alicia-
"Oh, ik heb zo'n merkwaardige droom gehad!" zei Alice
Y le contó a su hermana todo lo que podía recordar
En ze vertelde haar zus alles wat ze zich kon herinneren
todas las extrañas aventuras sobre las que acabas de leer
Alle vreemde avonturen waar je net over hebt gelezen
Alicia se levantó y salió corriendo
Alice stond op en rende weg
Y pensó, mientras corría, en su sueño
En ze dacht, terwijl ze rende, aan haar droom
—¡Qué sueño tan maravilloso había sido!
"Wat een prachtige droom was het geweest!"

www.tranzlaty.com

www.ingramcontent.com/pod-product-compliance
Lightning Source LLC
Chambersburg PA
CBHW011047190726

48290CB00011B/3042